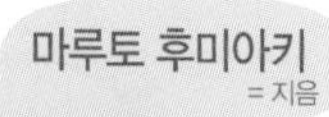

마루토 후미아키
= 지음

미사키 쿠레히토
= 일러스트

시원찮은 그녀(히로인)를 위한 육성방법

Memorial2

Saenai heroine no sodate-kata. Memorial2

Presented by Fumiaki Maruto

Illustration : Kurehito Misaki

시원찮은 그녀를 위한 육성방법

Memorial 2

마루토 후미아키 지음
미사키 쿠레히토 일러스트
이승원 옮김

목차

⚠ 주의! 본 도서에는 극장판의 스포일러가 포함되어 있습니다.

Chapter 1

캐릭터 소개

Character Charm

카토
메구미
“어때?
나는 네가 바라는
메인 히로인이 된 거야?”
MEGUMI'S DATE
히로인 아이콘
베레모, 스마트폰
제작 담당 게임
cherry blessing ~돌고 도는 은혜의 이야기~
(제작: blessing software) 메인 히로인
시원찮은 그녀를 위한 육성방법(제작: blessing software)
메인 히로인 겸 서브 디렉터
토모야와 처음 만난 장소
토요가사키 학원(토요가사키 학원 입학 시험장)
에리리와 이즈미처럼 그림에 재능이 있는 것도 아니고, 우타하처럼 집필에 재능이 있는 것도 아니다. 미치루처럼 음악에 재능도 없고, 이오리처럼 업계에 해박한 것도 아니다. 그래도 메구미는 토모야와 만나 창작의 기쁨을 알고 말았다. 그들 못지않은 열정을 지니고 말았다. 그리고 자신을 발견해준 남자를 향한 연정도…….
토모야가, 유저가 원하는 한 그녀는 언제든 최고의 히로인이 될 것이다.
‘정말…….’ 이라는 평소의 그 입버릇을 중얼거리면서. 벚꽃이 흩날리는 그 봄날, 운명과 마주한 이는 토모야뿐만이 아니었던 것이다.
MEGUM

MEGUMI'S CHARMS

CHARM 1 좋아하는 사람에게만 보여주는 솔직한 반응

원래 메구미는 남자에 대한 기준치가 낮…… 아니 아예 없었다. 여자라면 누구나 질색할 것 같은 토모야의 언동에도 때로는 내심 기뻐하거나 가슴이 콩닥거렸다고 한다. 그리고 현재 그 호감도는 사랑에 빠진 소녀다운 표정을 보여줄 정도로……. 평소의 반응이 무덤덤한 만큼 애정을 드러낼 때의 표정과 언동은 파괴력이 무지막지합니다!

CHARM 2 절대 화나게 해선 안 된다

얼굴에 드러내지 않는다고 해서 감정이 없는 건 아니다. 기뻐할 때가 있다면, 물론 화낼 때도 있는 것이다. 검은 오라를 두르며 사방에 분노를 내뿜는 메구미의 무시무시함은 토모야는 물론이고 미치루와 이즈미까지 압도할 정도다. 설령 그것이 다른 여자애와 애정행각을 벌였다는 이야기를 듣고 질투할 때일지라도……. 쓰레기를 보는 것 같은 시선을 감당할 배짱이 과연 그대에게는 있을까……?(웃음)

CHARM 3 퉁명한 반응의 진실은…….

언뜻 보기에는 털털하고 쉬운 애 같지만, 실은 꽤 부담스러운 기질을 지닌 사람이 바로 카토 메구미라는 여자애다. 토모야에게 일생일대의 고백을 받고도 무덤덤한 반응을 보일 정도다. 하지만 사실 그 반응은 며칠 동안 괴로움과 기쁨 같은 다양한 감정을 토모야 때문에 느꼈던 메구미의 소소한 반격이었던 것입니다. 그녀는 정말…… 최고야!

KATO

어른이 된 **카토 메구미**

Adult Megumi Kato

고등학생 때 가끔 바꾸던 헤어스타일은 세미롱으로, 패션도 과거의 귀여움을 남겨두면서도 어른스럽게 업데이트했습니다. 『주식회사 blessing software』의 부대표 겸 디렉터로서, 토모야의 연인으로서, 공과 사 양쪽에서 소중한 이와 함께 하게 된 메구미에게는 에리리나 우타하의 질투 섞인 놀림 같은 건 통하지 않습니다.

미사키 쿠레히토 극장판 설정
겨울 옷
봄 옷

처음에는 사양했지만 결국 우타하와 함께 토모야의 서클에 참가하게 된 에리리. 그 시점에서는 에리리와 토모야는 초등학교 3학년 때부터 이어온 절교 상태가 유지되고 있었지만, 그래도 서클에서는 원화 담당으로서 항상 선두에 서서 작업에 힘써 왔다. 그렇게 최선을 다한 것은 다시 토모야의 곁에 있을 수 있게 된 것이 기뻤기 때문이다. 어설픈 츤데레로 본심을 감추며, 그녀는 어릴 적의 꿈을 좇고 있다. 누구나 인정하는 일류 일러스트레이터로 토모야에게 있어서 최고의 일러스트레이터이자 얼간이이지만 절대 주저앉지 않는다. 그 모습이 그녀를 더욱 빛나게 합니다.

ERIRI'S CHARMS

CHARM 1 눈부실 정도로 찬란한 미소

초등학교 입학식 날에 만난 에리리와 토모야는 같은 취미를 공유하는 소중한 친구 사이였다. 그 후, 두 사람은 오랫동안 절교하지만, 친구였던 시절에 품었던 「토모야에게 있어 최고의 일러스트레이터가 된다」라는 그녀의 꿈은 그 후로 10년 이상 지났는데도 변함이 없다. 그리고 토모야와 태평하게 이야기를 나눌 때 그의 가슴을 두근거리게 하는 최고의 미소도…….

CHARM 2 솔직해지지 못하는 여자 마음

에리리의 최대 라이벌이자 파트너인 카스미가오카 우타하. 얼굴을 마주할 때마다 말다툼을 벌인다(그리고 대부분 진다). 하지만 두 사람이 함께 있는 건 서로를 크리에이터로서 존경하고, 성장시켜주는 존재라고 인정하기 때문이다. 하지만, 두 사람은 그런 본심을 함부로 입에 담지 않는다. 간단히 말해, 싸울 정도로 친하다……는 거죠.

CHARM 3 이름으로 부른다는 건, 신뢰의 증표

토모야와 절교한 후, 에리리는 자신이 오타쿠라는 것을 숨기며 학교에서는 기품 있는 아가씨 행세를 했다. 그런 그녀가 자신의 모든 것을 드러낸 유일무이한 친구가 바로 메구미다. 기쁨도 슬픔도, 꿈도 고민도, 그리고 좋아하는 남자애에 대해서도……. 항상 인간관계 때문에 힘들어했던 에리리가 자연스레 메구미를 이름으로 부르게 된 것은 그만큼 메구미에게 마음을 열었다는 의미였다.

SAWAMURA

어른이 된 **사와무라 스펜서 에리리**

Adult Eriri Spencer Sawamura

트레이드 마크였던 트윈테일 느낌을 리본으로 남기며 기품이 느껴지는 롱헤어로. 고급스러운 옷차림에서 왠지 지기 싫어하는 드센 면이 느껴지는 건 코사카 아카네와 인상이 비슷해졌기 때문? 믿음직한 파트너인 우타하와는 서로를 이름으로 부르는 사이가 됐으며, 여전히 투닥투닥거린다. 일 때문에 바쁘지만 건강해 보여 다행입니다.

미사키 쿠레히토 극장판 설정

카스미가오카 우타하

"네가 원하는 연상 선배 히로인을 연기해줄게."

UTAHA'S DATE

히로인 아이콘

흰색 헤어밴드, 검은색 스타킹

제작 담당 게임

cherry blessing ~돌고 도는 은혜의 이야기~ (제작: blessing software) 시나리오

필즈 크로니클 X Ⅲ (제작: 마르즈) 시나리오

토모야와 처음 만난 장소

쇼분도 서점 와고 시역 앞 점
(「사랑에 빠진 메트로놈」 2권 증쇄 감사 사인회에서 처음 서로를 알아봄.)

만들어질 때부터 문제투성이였던 토모야의 서클. 우타하 본인도 때때로 큰 문제를 일으켰지만, 멤버 전원의 성격을 파악한 그녀는 몇 번이나 위기에 처한 서클을 구했다. 상냥하고 믿음직한 선배. 하지만 그녀는 누구에게나 상냥하지는 않다. 토모야가 동경하는 존재가 되고 싶기에, 토모야가 자신을 필요로 해주기를 원하기에, 토모야가 돌아봐주기를 원하기에, 사랑의 결실을 맺지 못했지만 그 쓴 경험을 양식 삼아 우타하는 더욱 강하고 아름답게 성장했다. 그러지 못한다면 토모야가 동경 하는 존재가 아니게 되니까. 그런 자신을 용납할 수 없으니까. 그 고결함이야말로 우타하를 우타하답게 하는 요소입니다.

UTAHA KA

UTAHA'S CHARMS

CHARM 1 첫 상대는 언제나 그 남자

처음 만난 건 자신의 첫 사인회. 그리고 인터뷰를 하기도 했고, 호텔에서 하룻밤을 같이 보내기도 했다. 데이트도 하고, 공동 명의로 시나리오를 썼으며, 첫 키스를 빼앗기도……. 우타하의 추억은 토모야와의 추억이기도 했다. 우타하의 마음속에 생긴 아련한 호의는 그런 「처음」을 토모야와 경험하면서 그 무엇과도 바꿀 수 없는 애정으로 변화한 것이다.

CHARM 2 좋아하는 사람 앞에서는 무심코 독설을

우타하의 입에서 나오는 건 기본적으로 독설 아니면 음담패설이다. 하지만 그녀는 관심이 없는 인간과는 접점 자체를 만들지 않으며, 말도 섞지 않는다. 그녀의 말은 과격한 공격이나 다름없지만, 그 대신 상대방이 난처할 때는 온힘을 다해 협력한다. 설령 자신이 손해를 보게 될지라도…… 그녀는 좋아하는 상대에게 그 마음을 숨기기 위해, 일부러 그러는 것일지도 모른다.

CHARM 3 실은 꿈 많은 소녀

담당 편집자인 마치다 소노코는 말했다. 「카스미 우타코의 연애소설이 히트한 건 그녀가 꿈 많은 소녀이기 때문이야」라고 말이다. 사랑을 사랑하며 부풀어 오른 망상을 라이트노벨로 승화시키고, 그런 자신의 작품을 누구보다도 지지해준 남성 팬을 백마탄 왕자님으로 착각(?)해 버리고 만다. 이런 그녀를 「꿈 많은 소녀」라는 말 이외의 무슨 말로 부르겠습니까(웃음)!

IMGAOKA

어른이 된 **카스미가오카 우타하**

Adult Utaha Kasumigaoka

상업에서 활약하는 작가로서 중요하고 매력적인 망상력은 날카롭게 잘 버려져 있는 듯(웃음). 패션 센스의 변화와 함께, 마치다 씨를 닮은 분위기가 된 것은 아마도 싹둑 잘라버린 머리카락 때문인 듯. 금발의 파트너와 잘 지내고 있으며, 표정 또한 약간 부드러워진 느낌입니다.

미사키 쿠레히토 극장판 설정

하시마 이즈미
"저를, 어엿한 여자로 만들어 주세요!"
IZUMI'S DATE
히로인 아이콘
꽃모양 머리장식, 펜
제작 담당 게임
영원과 찰나의 에방질(제작: rouge en rouge) 원화
시원찮은 그녀를 위한 육성방법(제작: blessing software) 원화
토모야와 처음 만난 장소
시마무라 중학교 인근의 공원
MICHIRU'S DATE
히로인 아이콘
기타, 탱크탑&핫팬츠
제작 담당 게임
cherry blessing ~돌고 도는 은혜의 이야기~
(제작: blessing software) 음악
시원찮은 그녀를 위한 육성방법(제작: blessing software) 음악
토모야와 처음 만난 장소
나가노의 본가 인근의 산부인과(같은 날, 같은 장소에서 태어났다)

효도 미치루

"그러니까 내가 부끄러워할 만한 무언가를 토모가 찾아내기만 하면 되는 거잖아?"

누님 체질의 뮤지션과 여동생 타입의 일러스트레이터. 타입도 다르고, 장르도 다르다. 그래도 신기하게 죽이 잘 맞는 건, 두 사람의 본질이 똑같기 때문이리라. 크리에이터로서의 활동 기간과 실적은 에리리와 우타하에게 미치지 못하지만, 미치루와 이즈미는 앞으로 나아가는 것을 주저하지 않을 뿐만 아니라 두려워하지도 않는다. 아니, 그녀들은 앞으로도 그런 건 안중에도 없다는 듯이 우직하게 나아가기만 할지도 모른다. 그런 생각이 들 정도의 실력과 힘을 두 사람은 지닌 것이다. 눈부신 미소와 넘치는 열정, 최선을 다해 정상을 향해 나아가는 두 사람에게는 멈춰 설 시간 같은 건 없다!

MICHIRU HYODO

MICHIRU'S CHARMS

CHARM 1 여러모로 서비스 정신 왕성

어덜트하고 부도덕적인 에로를 자아내는 우타하와 달리, 개방적이면서 건강미 넘치는 에로로 토모야(와 독자)를 농락하는 미치루. 언제부터인가 노출…… 농락하는 방식도 교묘해진 것은 미소녀게임의 영향일까, 아니면 의외로 사이좋은 선배에게서 훔친 기술인 걸까. 그런데도 분위기가 거북해지지 않는 건 미치루의 성격 덕분. 아무튼, 여러모로 감사합니다(웃음)!

CHARM 2 응원을 받으면 그녀는 더욱 빛난다

「blessing software」와 병행해 미치루가 활동하고 있는 걸즈 밴드 「icy tail」. 갑작스럽게 잡힌 예정에 따라 고양이 귀 메이드 차림으로 첫 라이브를 치른 후, 인기는 천정부지로 치솟고 있다. 게임용 악곡도 좋지만, 관객의 콜에 맞춰 스테이지 위에서 힘차게 울려 퍼지는 그녀의 노래는 각별하다. 역시, 라이브로 들으면 끝내주게 기분 좋다니깐!

IZUMI'S CHARMS

CHARM 1 오타쿠 영혼은 순수 그 자체!

밤새도록 미소녀 게임을 플레이하다 쓰러지고, 모니터 속 여자애의 반응에 감정이 요동친다. 결국 모에가 한계를 돌파하자 환성을 지르며 바닥을 굴러 다닌다. 그 후덥지근…… 아니, 열기에 찬 오타쿠 영혼과 행동 패턴은 스승인 토모야와 똑같다. 좋아하는 것을 마음껏 즐긴다. 그 열정과 순수한 마음이야말로, 새로운 창작물을 낳는 원동력인 겁니다.

CHARM 2 창작 활동 때는 완전 폭주?!

설령 발만 동동 구를 때가 있더라도, 그것은 나중에 앞으로 나아가기 위한 예비동작. 그리고 한 번 움직이기 시작하면 그 누구도 말리지 못하며, 결승점까지 전력질주. 결승점 너머에는 다음 장소가 있으며, 그 길의 끝은 보이지 않는다. 성장속도와 끝없는 향상심이야말로 이즈미의 최대 무기. 때대로 폭주하기도 하지만, 그것 또한 그녀의 매력으로 여겨주시길…….

어른이 된 **효도 미치루**

Adult Michiru Hyodo

털털한 복장으로 토모야를 난처하게 했던 미치루도 다소 여성스러운 감성을 지니게 된 것인지 바지 차림에 포니테일 등의 심플하면서도 스타일리시한 복장으로 변한다. 하지만 알맹이는 변함이 없는지 문뜩 곡이 생각나면 허락도 없이 토모야의 집으로 쳐들어오는 것 같다. 몇 살이 되던 그녀의 자유로운 언동은 말릴 수 없습니다!

미사키 쿠레히토 극장판 설정

어른이 된 **하시마 이즈미**

Adult Izumi Hashima

중학교, 고등학교 때와 머리모양을 바꿨지만 포인트였던 경단 머리는 한 개로 줄었을 뿐 여전히 건재합니다. 그리고 멜빵바지의 어깨끈을 밀어젖힐 정도의 풍만한 가슴 또한 건재합니다(웃음). 귀여움과 활동성을 양립시킨 패션이며, (주)blessing software의 작업장……이 아니라, 그 옆에 있는 토모야의 집에 눌러앉은 모습은 그야말로 또 하나의 미치루?

미사키 쿠레히토 극장판 설정

어른이 된 **하시마 이오리**

Adult Iori Hashima

아무렇게나 기른 머리카락과 다박수염. 100엔짜리 가방을 한손에 들고 샌들을 신었다. 야반도주 상습범이 된 진짜배기 쓰레기……라는 건 우타하의 망상. 사실 이오리는 (주)blessing software의 프로듀서로서, 「잘 나가는 업계인」 같은 풍모를 지녔으며, 토모야를 보좌하고 있는 것 같다. 또한 본인은 저 망상 속의 모습도 나쁘지 않다고 여기는 듯…….

미사키 쿠레히토 극장판 설정

하시마 이오리

ORI HASHIMA

어른이 된 **아키 토모야**

Adult Tomoya Aki

콘택트렌즈에서 테가 얇은 안경으로 바꿨고, 앞머리카락만 좀 다듬었을 뿐인데, 어딘가 차분한 분위기가 느껴진다. 어른이 된 토모야는 (주)blessing software의 대표 겸 시나리오라이터. 자신이 사는 맨션의 옆방에 작업장을 만들고, 최고의 멤버와 함께 소규모 인기 메이커에서 최선을 다하고 있는 것 같습니다.

미사키 쿠레히토 극장판 설정

아키 토모야

OMOYA AKI

Chapter 2

특전 소설

Bonus Track

사랑과 청춘의 메트로놈

1월 중순, 후시카와 서점 회의실…….

"느닷없이 온천 신을 넣었으니, 전형적인 하렘 애니메이션이라는 소리를 들어도 어쩔 수 없겠네."

"그 의외성 덕분에 화제가 돼서 관심 없던 사람들도 봐준 것 같아요."

"아무리 시청자가 늘어나더라도, 관심 없는 사람들은 그걸 보고 비난만 하지 않을까?"

"우선 봐주는 사람의 숫자 자체를 늘리는 게 중요하다고 생각한 거예요. 아무리 완성도가 뛰어난 작품이라도, 봐주지 않는 사람을 즐겁게 해줄 수는 없는걸요."

"애초에 캐릭터 소개도 하지 않고 그런 신을 넣어봤자, 캐릭터에 감정 이입을 못하는 시청자가 그걸 즐길지 의문이네. 이래서는 원작 팬조차 비판적인 의견을 내놓지 않을까?"

"이미 원작을 접한 이들은 높은 확률로 끝까지 시청해 줘요. 그 사람들에게는 후반부 이야기로 어필하면 된다는 작전이죠."

"방금 발언은 변명 같은데? 마치 애니메이션 관계자라도 된 것처럼 자기변호만 하고 있잖아, 윤리 군."

"우타하 선배야말로 출연자면서 그렇게 가시 돋친 감상 좀 늘어놓지 말아 줄래요?!"

회의실의 대형 모니터에 나오고 있는 것은 TV애니메이션 『시원찮은 그녀를 위한 육성방법』 #0 『사랑과 청춘의 서비스 편』의 녹화 영상이었다.

그리고 이 영상을 보면서 비판충 및 매상충처럼 설전을 벌이고 있는 건 이 작품의 출연자인 것이다. 작품 안에서 실컷 비판당했던 소재를 이런 데까지 투입하다니, 정말 어처구니없는 상황이다.

"뭐, 그래도 애니메이션 자체는 잘 만들었네. 『사랑에 빠진 메트로놈』의 스핀오프 작품인 『시원찮은 그녀를 위한 육성방법』…… 앞으로도 계속 시청해야겠어."

"……저기, 우타하 선배."

"뭐, 본편보다 스핀오프가 먼저 애니메이션으로 제작된 의도는 모르겠지만, 아무튼 본편의 애니메이션이 더욱 기대돼."

"아니, 그러니까……."

"본편은 내가 철저하게 감수를 해서, 메인 히로인을 이 이상 없을 정도로 귀엽게 묘사할 거야. 그래서 시청자 전원을 메인 히로인 모에에 빠져들게……."

"으음. 선배도 이미 알고 있겠지만, 이 애니메이션의 원작이 본편이거든요? 그리고 『사랑에 빠진 메트로놈』이야말로 본편에서 파생된……."

"아냐. 애니메이션에서의 내 취급이 에로 담당 서브 히로인이라는 건 절대 인정 못해. 인정할 수 없단 말이야!"

"아니, 인정하고 말고를 떠나서……."

"나, 나는 메인 히로인…… 인기 라이트노벨 작가이자, 편집부 알바생인 남자애와 미묘한 거리감을 유지하며 함께 작품을 만들어나가는 슈퍼 모에 캐릭터란 말이야!"

"우타하 선배…… 점점 더 서브 히로인 느낌이 짙어지고 있거든요?"

그런고로 애니메이션의 우타하 선배보다 훨씬 순정파에 메인 히로인다운 우타하 선배가 나오는 『사랑에 빠진 메트로놈』을 잘 부탁드립니다.

시원찮은 판타지아 대감사제 2016

“……그런데 레오타드를 갈아입힌 걸로 모자라 아무도 없는 체육관에 끌고 와 리본까지 내민 토모야 군은 대체 나한테 뭘 시키려는 거야?”

“좋은 질문이야……. 실로 정확하게 요점만을 짚는 질문이야, 메구미!”

현재 상황은 그녀의 입을 통해 간결하게 설명되었으니 생략하도록 하겠다.

“카토 메구미……. 너는 오늘부터 리듬 체조부에 입부해서 퍼펙트한 히로인이 되기 위해 최선을 다해 줘야겠어!”

“으음, 리듬 체조부에 입부하는 것과 퍼펙트한 히로인이 되는 것 사이의 연관성을 모르겠거든? 혹시 2020년 도쿄 올림픽 출전을 목표로 하라는 거야? 그러고 보니 리우 올림픽에서 일본은 많은 메달을 땄지만, 리듬 체조의 성적은 꽤 미묘……”

“선수 여러분은 최선을 다하셨으니까 그런 소리 마!”

평소와 마찬가지로 무덤덤하게 독설을 내뱉고 있는 메구

미의 될 대로 되라는 태도를 꾸짖고(누구 때문에 이런 태도를 취하고 있는지는 일단 제쳐두고), 나는 그녀를 타이르기 위해 어깨에 손을 얹으면서 진지한 목소리로 이야기했다.

"왜냐하면 퍼펙트한 히로인 하면 리듬 체조라고 쇼와(터○) 시대부터 정해져 있었거든!"

"우리는 헤이세이 시대에 태어났지? 우리 둘 다 헤이세이 시대 사람 맞지?"

"그게 어쨌다는 거야! 너는 지금부터 리듬 체조를 시작해 전국대회에서 우승한 후, 전국구 아이돌 여고생이 돼서 최종적으로는 관동 지역 뉴스 방송에서의 『메구미 양을 찾아라』 코너를 목표로 삼는 거야!"

"그런 레트로하고 소학○스러운 발언 좀 하지 마. 여기는 KADOKAWA거든? 판타지아 학원이거든?"

"부탁이야, 메구미! 우리의 최강 게임을 완성시키기 위해 꼭 필요한 일이야! 이해해줘!"

"이벤트 한정 배포 에피소드라고 진짜 막 나가네, 토모야 군."

……그 점에 관해 한 마디 하자면 이런 말도 안 되는 내용일 뿐만 아니라 판권 문제 쪽으로도 난이도가 높은 걸 다룬다면 다른 매체에서의 2차 활용도 어려울 거라는 냉철한 계산에 입각해 내린 판단이라는 소문도 있지만, 일단 제쳐두기로 하겠다.

"……뭐, 일단은 알겠어. 하지만 전국대회나 올림픽에 나가는 건 절대 무리거든? 그게 가능한 건 퍼펙트 히로인뿐일걸?"

"메구미, 해줄 거야?!"

겸허한 건지 거만한 건지 알기 어려운 대답 속에 허락의 감정을 담은 메구미가 눈앞의 바닥에 놓인 리본을 향해 손을 뻗었다.

"그런데, 우선 뭘 하면 되는 거야?"

"그럼 일단 이벤트 CG용 자료 사진을 찍을 테니까, 지금부터 리듬 체조 연기를 대충 흉내내봐."

"그런 주문은 진지하게 리듬 체조를 하고 있는 사람들을 모독하는 짓 같은데 말이야. 뭐, 우리도 진지하게 게임을 만들고 있으니 괜찮…… 을까?"

그리고 메구미는 손에 쥔 리본을 리드미컬하게 돌리기 시작했다.

"아, 드디어 돌기 시작했어."

"지금이야! 그 자세 그대로 움직이지 마!"

"그러면 리본도 멈출 텐데……."

처음에는 뱀처럼 꾸물거리는 것 같은 궤도를 그리던 리본이 시간이 지나자, 서서히 아름다운 나선 형태를 그리며 돌기 시작했다.

그리고 메구미는 그에 맞춰 등을 꼿꼿이 펴더니…… 그녀의 표정에 진지함과 즐거움이 어렸다.

"어? 토모야 군?"

"응? 아, 왜?"

"셔터, 안 누르는 것 같은데…… 이제 그만해도 돼?"

"아, 미안한데 조금만 더 부탁해. 이번에는 다른 포즈를 취해줄래?"

"응, 알았어."

나는 자신도 모르는 사이에, 상당한 시간 동안 메구미의 눈앞에 그저 멍하니 서있었다.

그건 뭐…… 간단히 말해 그럴 만한 가치가 있는 광경이 내 눈앞에 펼쳐졌다는 것을 의미했다.

비주얼만이라면…… 이 녀석은 이미 퍼펙트 히로인이네.

"윽……."

아니, 그렇지 않다. 이건 환각이다. 나는 속고 있는 것이다.

이런 엉터리 리듬 체조 따위에 매력을 느끼는 건, 진지하게 리듬 체조를 하고 있는 사람들에 대한 모독이다.

하지만…….

"토모야 군."

"어? 아, 왜?"

"슬슬 다른 운동부가 부활동을 시작할 시간인데 어떻게 할 거야?"

"어……."

메구미의 말을 듣고 내가 퍼뜩 정신을 차려보니, 체육창고 쪽에서 운동부 부원 특유의 활기 넘치는 목소리가 들려왔다.

"사진 아직 덜 찍었으면 이대로 계속 할까?"

"뭐……?"

운동부의 부활동이 시작되면, 아마 여자애뿐만 아니라 남자애도 이 체육관에 잔뜩 몰려올 것이다.

그건 녀석들이…… 레오타드 차림인 메구미를 보게 된다는 것인데…….

"……토모야 군?"

"이제 그만 가자."

"그래도 되겠어?"

"아~, 응. 일단 이벤트용 소재는 얼추 갖춰졌거든."

"……."

"그리고 진지하게 부활동을 하는 사람들에게 폐가 될지도 모르잖아."

"……흐으으으음~."

"왜 그래?"

"나, 알아. 이런 걸 두고 『독점충』이라고 하지?"

"너, 방금 그 발언은 티피오(TPO)에 하나도 맞지 않다고!"

시원찮은 판타지아 문고 28주년

"잘 들어, 메구미. 이번에는 절대 칭찬을 안 할 거고, 멋쩍어 하지도 않을 거야!"

"갑자기 무슨 소리를 하는 거야?"

내 눈앞에는 새하얀 어깨와 허벅지가 드러나는 검은색 드레스 차림으로 의자에 단정히 앉아서 나를 응시하고 있는 메구미…… 뭐, 간단히 말해 클리어파일 일러스트의 구도를 상상하면 된다.

또한 어째서 이런 의례적인 복장으로 이런 상황을 연출하고 있는지는 설명에 할애할 분량이 아까우니 『게임 제작을 위한 이런저런 일』 정도로 여기고 넘어가줬으면 한다.

"뭐, 알고는 있어. 이런 상황의 스페셜 스토리 중에는 메구미의 『평소와 다른 모습』을 보고 가슴이 뛴 나를 네가 히죽거리며 놀린다는 정석적인 구도가 존재한다는 걸 말이야!"

"으음~, 나는 딱히 히죽거리며 놀린 적이 없다고 생각하는데 말이야."

"그래도! 너는 무덤덤하게 말하며 행동하지만, 내심 나를

『좀 섹시하게 어필하면 얼굴을 붉힌 채 침묵에 잠기며 아무 것도 못하는 오타쿠』라고 여기며 깔보고 있잖아!"

"토모야 군이야말로 항상 나를 『강요하듯 부탁하면 뭐든 오케이 하는 쉬운 걸프렌드(가제)』라 여기며 깔보고 있는 것 같은데……."

"아무튼! 이번에는 네가 아무리 어필을 해도 칭찬하지 않을 거야. 본심도 털어놓지 않을 거라고. 그러니 일부러 매몰차게 평가를 내리겠어……."

나는 결의에 찬 표정으로 심호흡을 한 후, 눈앞의…… 드레스 탓인지 원래 외모가 뛰어났던 건지, 아니면 그 둘의 합작 탓인지 청초함과 요염함이 절묘하게 조화를 이루며 어떻게 평가하면 좋을지 모를 정도의 (좋은 의미에서)그렇고 그런 메구미를, 최선을 다해 부정했다.

"메구미, 그 드레스…… 전혀 어울리지 않아!"

"으음~, 본심을 말하지 않겠다고 선언했으니, 방금 『어울리지 않아』란 발언은 본심이 아닌 게 되거든? 그래도 괜찮은 거야?"

"아아아아앗! 입에 침이 마르도록 칭찬해버렸어~!"

"……아~, 고마워."

……부정하고 싶었지만 얼굴을 붉힌 채 침묵에 잠기며 아무 것도 못하는 오타쿠인 나에게 그런 건 무리였다.

"대, 대체 댄스파티에서나 나올 법한 이 상황은 대체 뭐야? 이래서야 네 상대 역할은 내가 아닌 거잖아!"

"어, 으음~. 음…… 뭐, 그럴 것 같네."

내가 자학적인 지적을 입에 담자, 메구미는 나를 감싸주기 위해 잠시 눈을 감으며 내 턱시도 차림을 상상했지만…… 곧 포기했다.

"그럼 이건 완전 NTR 이벤트잖아! 나는 그딴 게임 만들고 싶지 않아!"

뭐, 세간에서는 히로인이 다른 남자에게 개발…… 아, 그러니까, 홀랑 넘어가서 주인공의 마음에 깊은 상처가 남기는 이야기를 선호하는 사람들이 있다고 들었다.

하지만 제작자인 나는 그런 취향이 없으며, 또한 괜히 NTR게임을 만들었다가 이상한 성적 취향에 눈뜨기라도 하면 곤란한 것이다.

"아~, 그래도 메인 히로인은 나지만, 주인공이 토모야 군 같은 성격의 남자애로 정해진 건 아니니까……."

"하지만 내가 만드는 주인공이잖아? 미남 리얼충일 리가 없거든? 가벼운 마음으로 여자애한테 댄스를 신청할 수 있을 리가 없다고!"

"아……."

"으으~. 나는 대체 어쩌면 되냐고~!"

그런 나의 구멍투성이인 논리에 간단히 납득한 메구미에

게 할 말이 있지만, 지금은 그럴 때가 아니다.

……그렇다면 우리는 왜 이런 신을 재현하고 있는 걸까?

"하지만, 나는 딱히 상관없어."

"뭐가 말이야?!"

게임의 내용을 순애 루트와 NTR루트로 완전히 나누는 방향으로 다시 기획을 짜기 시작한 나에게, 메구미가 속삭이듯 말했다.

"토모야 군이 만든, 『여자애에게 댄스 신청을 못하는 주인공』을 선택해도, 상관없다는 말이야."

"뭐……."

……왠지, 너무나 가까웠다.

"토모야 군이 만든, 얼굴을 붉힌 채 침묵에 잠기며 아무것도 못하는 오타쿠 주인공 이외에는 눈길조차 주지 않는 히로인이라도 상관없어."

그 말의 내용도 둘 사이의 거리도 너무나 가까웠다.

"그건 여자애로서 좀 문제 있는 거 아냐……?"

"하지만 미소녀게임으로서는 올바르잖아? 그런 게 『모든 이들의 가슴을 두근거리게 하는』 메인 히로인 아닐까?"

"하, 하지만, 그런 거짓말투성이의 히로인을 플레이어가 좋아해주기는 할까?"

"거짓말이라고 생각해? 그렇게 생각하는 여자애가 이 세상에 단 한 명도 없을 거라고, 단언할 수 있어?"

"그, 그건, 으음……."

그리고 그렇게 가까이에서 보고 있는 메구미의 표정이, 왠지 정말…….

"남자 보는 눈이 낮고 이용하기 쉬울 뿐만 아니라 간단히 공략할 수 있는, 구제 캐릭터 같은 그런 쉬운 여자애를 토모야 군…… 주인공은, 싫어할까?"

왠지, (좋은 의미에서)그렇고 그런데…….

"차, 착각 안 해! 그렇게 자기를 『쉬운 여자』라고 자칭하는 히로인일수록, 실은 엄청 자존심이 세고 귀찮다는 걸, 나는 어떤 미소녀 게임을 플레이하며 똑똑히 깨달았다고!"

그래서 나의 반응 또한 (나쁜 의미에서)그렇고 그럴 수밖에 없었다.

"역시 토모야 군은 뭘 모른다니깐……."

"뭘, 말이야?"

"여자애가 그런 말을 하는 건, 상대방 남자애를 진심으로 좋아하기 때문이야."

그런 나에게 메구미가 건넨 말은 왠지 나를…… 히죽히죽 웃으며 놀리는 것처럼 느껴졌다.

"하, 하, 하지만…… 그렇다면 메구미……가 아니라 메인 히로인도 실은 처음부터 나…… 아니, 주인공을 좋아했다는 게 되잖아."

“아~, 그렇구나. 맞아~. 잘 됐네~.”

그래서 궁지에 몰린 내가 던진 말에 대한 메구미의 무덤덤한 대꾸가…….

평소보다 몇 초 늦게 그녀의 입에서 흘러나왔단 점은 어떻게 해석하면 좋을까.

사랑과 순정의 메트로놈

4월 초, 후시카와 서점 회의실…….

"느닷없이 수영복 신을 넣었으니, 전형적 하렘 에로 애니메이션이라는 소리를 들어도……."

"저기, 우타하 선배? 2년 전에 똑같은 소리를 했던 걸 기억해요?"

※)월간 빅간간 2015년 Vol.04 부록 클리어파일 참조

그런고로 회의실의 대형 모니터에 비친 것은 TV애니메이션 『시원찮은 그녀를 위한 육성방법♭(플랫)』 #0 『사랑과 순정의 서비스편』의 독점 배포 영상이었다. 아●존 만세.

"첫머리에서 할 말은 아니지만 용케 이런 애니메이션의 2기가 만들어졌네."

"메타 발언에 메타 발언을 더한 탓에 대체 무슨 소리를 하는 건지 알 수가 없다고요, 우타하 선배!"

그리고 2년 전과 마찬가지로, 이 자리에서 영상을 보며 설전을 벌이고 있는 건 인기 라이트노벨 작가 카스미 우타코인 카스미가오타 우타하와 그녀의 담당 편집자인 아키 토모

야다. 그러니까 다른 세계선에서 온 작품의 출연자……의 도플갱어인 것으로 여겨 줬으면 한다.

뭐, 아무튼…….

"……(울컥)."

"……(흠칫)."

"……(부글)."

"……(삐질삐질)."

애니메이션이 진행될수록 우타하 선배의 기분은 점점 악화되었고, 그 짜증은 책상을 뒤흔들 정도로 다리를 떤다는 형태로 발전했다.

"……윤리 군, 좀 앉아봐."

"이, 이미 앉았는데요."

"대체 어떻게 된 거야?"

"뭐, 뭐가 말이에요?"

"나와 같이 바에 가서 샴페인으로 건배를 하며, 좋은 분위기를 형성한 다음 호텔에 방을 잡아놨다는 말까지 했는데, 왜 저렇게 한사코 거부하는 거냔 말이야!"

"아, 역시 그건 진저에일이 아니었군요……."

부디 방송윤리 ●원회에 고자질하지 말아주시길 부탁드립니다…….

"그런 걸 묻는 게 아니거든?! 그리고 그렇게 대답을 얼버무리는 태도가 마음에 안 든다고 대체 몇 번을 말해야 알아들은 거냐 말이야, 이 윤리야!"

"그, 그게 말이죠! 그러니까 저건 제가 맞지만, 제가 아니라고요!"

"얼굴도, 태도도, 말투도, 선택지도, 전부 똑같거든?!"

"하지만 애니메이션과 원작의 저 녀석은 저와 다르게 평판이 나쁘다고요!"

그건 금기지만 일단은 진실이니 어쩔 수 없다.

"그러는 너도 충분히 평판이 나빠! 사가노 양과 미묘하게 분위기가 좋아지고 있잖아!"

"그것 때문에 나를 나쁘게 생각하는 건 아마 이 세상에 딱 한 명뿐일걸요?!"

그런고로, 애니메이션의 우타하 선배보다 훨씬 질투심이 강한 얀데레 히로인다운 우타하 선배가 나오는 『사랑에 빠진 메트로놈』을 잘 부탁드립니다.

"방금 모놀로그는 뭐야?! 마무리도 2년 전과 완전히 똑같잖아! 좀 발전하려고 노력하란 말이야!"

시원찮은『시원찮은 그녀를 위한 육성방법♭(플랫)』을 돌이켜보는 방법

JR하라주쿠 역 개찰구를 지나 걸어서 몇 분 거리에 있는 어느 상업 빌딩의 7층.

장르적으로는 엔터테인먼트 콜라보레이션 카페라 불리는 이 가게의 벽면 곳곳에는 대형 디스플레이가 설치되어 있으며, 내부의 스피커에서는 맑은 여성 보컬의 노랫소리가 들리고 있었다.

“TV애니메이션『시원찮은 그녀를 위한 육성방법♭』의 회고 상영회를 시작하겠습니다! 진행은 저 카토 메구미와…….”

“사와무라 스펜서 에리리와…….”

“카스미가오카 우타하가 맡겠습니다.”

뭐, 구체적으로는 하루나 루나의『스텔라 브리즈』가 애니메이션 오프닝 영상에 맞춰 흘러나오고 있었다.

“최종회도 방영이 되었으니, 다 같이 애니메이션을 돌이켜 보며 감상을 이야기하자는 기획입니다만…….”

“그러고 보니 우리는 출연을 하긴 했지만, 실제로 진득하게 보는 건 처음이잖아~. 그래서 자기가 등장하는 장면 이

외에는 어떻게 되어있는지 몰라.”

“……역시 사와무라 양이야. 이런 현실과 작품의 벽을 허무는 어이없는 전개 속에서도 어떻게든 상황 설명과 앞뒤를 맞추려는 상업주의는 참 대단해. 히트 작품의 인기에 편승해 돈을 버는 동인 작가답네.”

“……마감을 마구 어겨서 주위에 폐만 끼쳐대는 악마 작가인 너와 다르게 나는 남들만큼의 협동심을 지녔을 뿐이야.”

“아~, 뜬금포 프로레슬링 같은 약속된 전개는 꽤 맛깔나겠지만, 일단 이야기를 진행시키고 싶으니 두 사람 다 진정해요.”

에리리와 우타하 사이에 앉아서 두 사람의 스테레오 말다툼을 한귀로 흘려들은 메구미가 일단 무덤덤하게 기획을 진행했다.

그렇다. 이곳에 있는 이는 메구미, 우타하, 에리리이며, 결코 야스노 씨, 카야노 씨, 오오니시가…… 아니, 오오니시 씨가 아니다. 그리고 이것은 『시원찮은 라디오를 위한 육성방법♭』의 공개 녹음도 아니라는 사실만은 알아줬으면 한다.

“우선 1화가 아니라 0화 『사랑과 순정의 서비스 편』이 나오고 있습니다만…….”

“또 첫 화부터 서비스 편이야? 이 애니메이션은 진짜 발전이 없네.”

“뭐…… 이거야말로 최고의 스타트잖아! 1기에서 일궈낸 요소를 더욱 갈고닦아서, 멋진 수영복 편을 완성했단 말이야!"

"으음. 진정해달라고 말한 지 얼마 지나지도 않았는데, 애니메이션에서와 똑같은 말다툼을 벌이지 말아 줬으면 좋겠네."

"하, 하지만 메구미도 같은 생각 아냐? 귀엽고, 화려하고, 살색으로 범벅이 된 서비스 편이 최고라고 생각하지?! 안 그래?!"

"으음, 자기가 수영복 차림으로 살갗을 훤히 드러내고 있는 신을 최고라고 말하기는 싫네. 대외적으로도, 그리고 본심도 말이야."

※ ※ ※

그리하여 세 사람의 회고 상영회는 시작하자마자 고꾸라질 뻔 했지만, 그 후에는 순조롭게 진행…….

"뭐야. 에리리도 『사랑에 빠진 메트로놈』을 읽었구나. 그것도 1년 전부터 말이야."

"……윽."

"……."

"게다가, 실은 카스미 우타코의 광팬이었던 거네. 으음, 그런 걸 두고 흔히 츤데레라고 하지? 아키 군이 자주 그 말을 입에 담았어."

"으~."

"……."

현재 화면에는 제1화『시원찮은 용과 호랑이의 대면 방법』의 1년 전 회상 신이 나오고 있었다.

"흐음, 게다가 카스미가오카 선배는 에리리의 그림을 보자마자 반해버렸구나……."

"……."

"큭……."

"맞아. 그래서 그때 서로의 사인을 원했던 거네요. 뭐야, 크리에이터로서 러브러브하고 있었던 거잖아요. 두 사람 다 솔직하지 못하네요."

"자, 잠깐만, 메구미!"

"카토 양, 매 장면마다 그런 풋내 나는 해설 좀 하지 말아 줄래?"

화면상에서는 서로의 작품에 눈물을 흘릴 만큼 감동한 나머지 상대방과 가까워지고 싶어 하지만, 그러지 못하는 두 사람의 타들어가는 속내가 묘사되고 있었다.

당연히 그런 장면을 본 두 사람은 간지럼 고문을 당하고 있는 것처럼 고통에 찬 표정을 짓고 있었다.

"하지만 이 회고 상영회는 애니메이션을 보면서 감상을 이야기하는 코멘터리 같은 거니까, 지금처럼 두 사람이 입 다물고 있으면 제가 혼자서 떠드는 수밖에 없잖아요."

"그렇다 하더라도 화제를 좀 고르란 말이야!"

“맞아. 이럴 때는 분위기를 이어갈 겸 애니메이션 신과는 전혀 상관없는 자기 이야기 같은 걸 해. 예를 들어 요즘 빠져 있는 것이라든가, 오늘 점심에 뭘 먹었는지 같은 이야기 말이야.”

“그런 걸 작품 코멘터리에서 들으면 재미있을까요?”

“지금은 그런 영상 소프트로서의 상품 가치를 언급할 상황이 아니잖아!”

“그리고 코멘터리를 고대하는 사람 중 대다수는 성우의 팬이니까 그걸로 충분해. 원작자가 튀어나와서 알고 싶지도 않은 마니악한 시크릿 설정 같은 걸 으스대며 이야기하고, 성우들은 질린 표정으로 맞장구를 치기만 하는 코멘터리는 백해무익하거든.”

“……그건 의견으로서 제작 측에 전달할게요. 하지만 그 부분은 꽤 좋은 이야기잖아요. 시청자 여러분의 평판도 좋았고요.”

“그런 걸 과한 칭찬이라고 하는 거야, 메구미!”

“그래, 카토 양. 자기는 적절히 진행하고 있다 생각할지도 모르지만, 당사자에게 매우 미움 받는 행위라는 걸 기억해 두도록 해. 사와무라 양이 내 소설의 팬이었다니, 그런 건 알고 싶지도 않고 흥미도 없어.”

“맞아! 카스미가오카 우타하가 내 팬이든 말든 상관없어! 그런 듣기 좋은 말만 늘어놓다가 바로 배신할 게 뻔하거든!”

※ ※ ※

"거 봐! 다음 편에서 바로 배신하잖아아아아아아~!"

……화면에서는 제2화 『진심의 진정한 분기점』의 우타하와 토모야의 이케부쿠로 데이트 신이 나오고 있었다.

※ ※ ※

"아, 아……."

"흥……."

그리고 시간이 흘러, 다양한 사정으로 제3화 『초고와 2차 원고와 심사숙고』도 지나간 후…….

"저, 저기, 카스미가오카 선배…… 이건, 우와아……."

"진짜 천박하기 그지없네, 이 걸레가오카 우타하!"

화면에는 제4화 『2박3일의 신규 루트』의 목욕을 마친 우타하의 베드 신(장소적으로)이 나오고 있었다.

"항상 천박한 일러스트로 좋아요 구걸을 하는 사와무라 양한테 그런 말을 듣고 싶지는 않아."

"내가 벗기는 건 어디까지나 2차원의 가상 청소년이야~. 너처럼 3차원의 법에 걸릴 짓은 안 해~."

"아, 하지만, 에리리? 확실히 노출도는 상당하지만, 이 장면의 카스미가오카 선배는 엄청 아름답다고 생각해."

"말 잘했어, 카토 양. 맞아. 달빛을 받아 빛나는 손발, 새하얀 셔츠와 흑발과 살갗이 자아내는 대비 등, 상스러운 에로스가 아니라 예술성을 추구한 이 신 구성의 아름다움을 이해하지 못하는 거야? 당신, 진짜로 미소녀 일러스트레이터 맞아?"

메구미는 『무엇을 기준으로 3차원으로 삼을 것인가』라는 점을 교묘하게 피하며, 어느새 정례행사가 된 캣파이트를 능숙하게 말리려 했다.

하지만…….

"그것보다 이 신의 문제점은 이렇게 노골적으로 속내를 드러내고 있는데, 토모야에게 완전히 무시당했다는 것 아닐까? 게다가 마지막에는 메구미가 전부 채가잖아."

"앗! 이 라스트 신을 왜 이렇게 신경 써서 만든 거야?! 카토 양도 왜 이 타이밍에 롱헤어로 이미지 체인지를 한 건데?!"

"어, 어~?"

화면이 어느새 캠프파이어를 배경으로 포크댄스를 추고 있는 메구미와 토모야의 신으로 바뀌면서, 이야기가 미묘하게 성가신 방향으로 전환됐다.

"이야~. 이 장면의 메구미는 완벽한 얀데레 흑발 롱헤어 히로인이어서 스케치할 맛이 났다니깐. 청순한데다 비틀린 색기도 없었어. 어디 사는 연상 검정 스타킹의 잔상이 사라지는 기념비적인 신이었네~."

"카, 카토 양……. 당신, 당신……."

"으음, 흑발 롱헤어를 한 것도, 포크댄스를 춘 것도, 얀데레 연기를 한 것도, 전부 카스미가오카 선배의 지시였거든요? 저의 의지가 아니었거든요?"

※ ※ ※

"윽, 흑, 훌쩍……."

"……."

"……."

삼파전 상황의 말다툼이 한동안 이어진 후, 상영회는 어느새 제5화 『마감이 먼저인가, 각성이 먼저인가』를 지난 후…….

"저, 정말 애절한 러브스토리야……. 설마 시원그녀에서 이런 순애 편을 볼 수 있을 거라고는 생각도 못했어……."

"……저기, 카토 양. 이 자작극 착각 정신병자를 같이 해치우지 않을래?"

"……지금은 그냥 두는 편이 좋지 않을까요?"

6화인 『눈에 파묻혀버린 마스터업』의 나스 고원에서 에리리와 토모야의 둘만의 사과 신을 배경 삼으며, 에리리가 훌쩍거리는 목소리가 분위기가 가라앉은 실내에 울려 퍼지고 있었다.

"훌쩍, 흑…… 두 사람 다 애니메이션과 상관없는 잡담 그만하고, 진지하게 작품을 봐. 모처럼의 상영회잖아? 으흑, 훌쩍……."

"하지만 마감에 맞춘 사람으로서 한 마디 하자면, 이편에서의 사와무라 양은 통조림을 빙자해 먼 곳으로 도망간 끝에 감기에 걸린 걸 이유로 신작을 마감을 어긴 쓰레기 일러스트레이터에 불과해."

"저기, 방금 발언 중 일부분에는 동의하지만 말이 너무 심한 것 같으니 자중해 주세요, 카스미가오카 선배."

"그, 그렇게 캐릭터의 섬세한 심정을 헤아리지 못하고 작품 안의 사실만 가지고 『제대로 완성시키지도 못한 쓰레기』 같은 소리나 늘어놓으며, 작품을 쓰레기 애니메이션이라 우기는 너 같은 망할 시청자가 애니메이션 제작 현장을 위축시킨다는 걸 이제 그만 눈치채, 카스미가오카 우타하!"

"……이 단골 쓰레기 히로인은 결국 자기정당화를 위해 시청자를 부정하기 시작했네."

"죄송하지만, 방금 발언 중 일부분에는…… 아, 자중해주세요. 카스미가오카 선배."

"되풀이해서 이 애니메이션을 보다보면 이 6화가 그야말로 신이 내린 애니메이션이었다는 걸 풋내기라도 알 수 있을 거야! 나를 위해 꿈을 포기한 토모야의 결단…… 서클대표로서는 옳다고 할 수 없는 판단일지도 몰라. 아니, 분명 틀렸어……. 그래도 그때 토모야의 머릿속에는 나에 대한 생각으로 가득 차 있었던 거야! 그 정도는 알 수 있잖아?!"

"해설이 장황한데다 자기정당화로 점철되어 있어서 마음에 와닿지 않거든? 이 변명 덩어리 금발 트윈 테일 아가씨야."

"……."

"하아, 왜 이 편이 최종화가 아닌 걸까……. 서클의 목적도 겨울 코믹마켓에 게임을 내놓는 거였으니까, C파트에서 두 사람이 행복한 키스를 나누며 종료~ 였으면 좋았을 텐데~."

"사와무라 양, 현실도피 좀 그만해. 어차피 이 다음 편에서 그대로 나락에 떨어질……."

에리리가 너무 거들먹거리자, 짜증이 난 우타하가 앞으로 펼쳐질 현실을 알려주기 위해 목소리에 힘을 준 순간…….

"관두죠, 카스미가오카 선배……."

"하지만 카토 양……."

"에리리는 잘못 없어요. 아무런 잘못도 없어요……."

우타하의 분노를 잦아들게 만들 만큼 냉정한 메구미의 말과 태도가 끓어오르려던 분위기를 진정시켰다.

"하지만 역시 이 때 아키 군이 내린 판단은…… 좀 그렇다고 생각해."

"뭐?"

"아……."

……그렇게 보인 것은 단순한 착각이었다.

“아, 딱히 에리리를 간병하는 쪽을 선택한 걸 탓하는 건 아냐. 아까 신에서의 에리리는 정말 괴로워 보였는걸. 그러니 그건 개의치 않아……. 하지만, 하지만 말이지?”

“메, 메구미……?”

“카, 카토 양……?”

“아키 군이 만든 서클이잖아? 내키지 않아하던 멤버들을 억지로 끌어들인 사람도 아키 군이잖아? 그런데, 그런데, 이렇게까지 사람들을 의욕적으로 만들어놓고, 앞장서서 남들을 끌고 가던 자기가 남들의 손을 놓아 버리는 건 좀 그렇잖아……. 내 마음을 이도저도 아니게 만들어놓고 자기만 평소처럼 행동하는 건, 좀 아니지 않을까…….”

“저, 저, 저, 저기~?!”

“카토 양은 대체 얼마나 집념이 강한 거야?!”

그렇게 차분한 목소리로 냉정함과 거리가 먼 푸념을 늘어놓고 있는 메구미의 그 목소리와 태도는…… 방금 화면에 나오고 있는 6화 라스트 신의 그녀 본인과 완전히 똑같았다.

※ ※ ※

“……(크으으으으윽).”

“……(부글부글부글부글).”

“으음~ 아, 맞다. 나 요즘 풋네일에 빠졌어~.”

"메구미 신과 전혀 상관없는 자기 이야기 할 필요 없어."

"그런 뜬금없는 이야기는 하나도 재미없으니까 그냥 입 다물고 있어."

"……예."

"……(크, 으, 으으으으윽~)."

"……(부글부글부글부글)."

"……하아."

뭐, 이 분위기를 통해 충분히 상상이 될지도 모르지만, 상영회는 제7화 『리벤지로 가득한 신규 기획』을 지나서, 지금은 제8화 『플래그를 꺾지 않았던 그녀』에 도달했다.

"……(크으으으…… 크으으으윽~) 저, 저기, 메구미!"

"카토 양, 이게 대체 어떻게 된 거야?"

"아~, 저는 무슨 말을 해봤자 하나도 재미없을 테니 그냥 입 다물고 있을래요~."

게다가 이미 B파트다.

"너, 지금 완전 들떠 있잖아! 이게 대체 어떻게 된 거야?!"

"무덤덤하고 남자에게 흥미 없는 척 했으면서 이렇게 잘 보살펴주다니……. 윤리 군을 함락시키려고 작정한 것처럼 보이거든?"

"아~, 그게…… 그 만큼 게임 제작에 열성적이었다고나 할까, 다시 서클 활동을 할 수 있게 되어서 기뻤다고나 할까~."

"아, 아무리 그래도 정도라는 게 있잖아!"

"애초에 당신은 기쁘다는 이유만으로 남자가 보는 앞에서 속옷을 사고 남자 집에 가서 요리를 해주며 목욕 중에도 전화로 대화를 나눌 뿐만 아니라, 남자 옷을 입고 같이 자는 거야? 그것도 브래지어도 안 하고!"

"으음~, 으음~ 마, 맞다. 마지막 그건 카스미가오카 선배도 했었잖아요……."

"나는 괜찮아! 원래 목적을 숨기지 않았으니까 말이야!"

"우와, 그걸 털어놓는 건가요……."

화면에는 메구미가 노래하는 삽입곡 『ETERNAL ♭』이 나오고 있었으며, 불이 꺼진 방 안에서 침대와 이부자리에 따로 누워서 자고 있는 두 사람의 평온한 시간이 그려지고 있었다.

……하지만 이쪽의 세 사람은 그런 잔잔한 삽입곡과 속삭임에 가까운 대사가 전혀 귀에 안 들어오는 듯한 아수라장을 펼치고 있었다.

"이런 짓을 한다면 윤리 군 같은 동○ 오타쿠는 그대로 확 넘어올걸? 어때? 카토 양. 화면이 어두워진 후에 대체 무슨 일이 있었어?!"

"바로 잠들어서 아무 일도 없었어요. 그리고 이런 게 남자애에게 먹힌다고 생각한다면 카스미가오카 선배가 먼저 하면 됐잖아요……. 매번 색기를 과도하게 어필하니까 상대방이 오히려 질려버린 것 아닐까요?"

“앗! 이 내숭 색골, 해선 안 되는 말을 아무렇지 않게 입에 담았어! 당신 같은 『입으로는 그렇게 말하지만 몸은 정직』 같은 사람은 정말 역겨워……. 역겹단 말이야, 카토 양……!”

“……죄송한데, 서로의 이미지를 생각해서라도 이쯤에서 그만하는 게 좋지 않을까요?”

독설과 비난이 난무하는 가운데, 이대로는 안 된다고 느낀(이미 선을 넘어선 것 같지만) 메구미가 자신과 우타하를 달래기 위해 억지로 어조를 무덤덤한 느낌으로 되돌리려 한 순간…….

“메, 메구, 메구미…… 어버버버버…… 이건, 이건…….”

“에, 에리리……?”

“아~.”

이번에는 한동안 말문이 막혔던 에리리가 망연자실한 어조로 중얼거린 말이, 이 공간을 얼어붙게 만들었다.

“겨우 화해했는데…… 토모야와…… 옛날 같은 관계로…… 되돌아갔다고 생각했는데…….”

“아, 아~, 그건 걱정하지 마, 에리리. 내 감정은 어디까지나 우정이야. 서클 멤버 간의 유대야. 에리리와 아키 군의 관계와는 애초에 방향성이…….”

“그런 것치고는 엄청 여성스러운 표정을 짓고 있는 것처럼 보이는데, 그건 내 착각일까? 카토 양.”

“카스미가오카 선배, 이제 그만하자고 제가 아까 말했을 텐데요?"

어느새 에리리의 눈에서 빛이 사라지더니, 얼굴이 새파랗게 질렸을 뿐만 아니라, 트윈 테일이 부들부들 떨리고……
아니, 온몸이 떨리고 있었다.

방금 나온 라스트 신은…… 에리리가 상상도 각오도 하지 못했던 장면이었던 것이다.

"으, 으으, 훌쩍, 훌쩍…… 메, 메구미는 배신자야……."

그래서 에리리는 나중에 후회할 거라는 사실을 알면서도, 처음 생긴 절친을 비난할 수밖에 없었고…….

하지만…….

"……진짜로 배신을 한 건, 누구일까?"

"……뭐?"

"아……."

그리고 화면에 제9화 『졸업식과 엄청난 전개』에 나오고 있다는 사실이, 사태를 더욱 성가시게 만들었다.

※ ※ ※

"……."

"……(흠칫흠칫)."

"……(조마조마)."

"……."

"아, 아…… 저, 저기 메구미?"

"으, 으음……."

9화 초반에서 『진짜로 배신을 한 건, 누구일까』 라는 말을 한 후…….

아까 『애니메이션을 보며 감상을 이야기한다』고 말했던 메구미는 1화 분량이 나오는 동안 그저 침묵에 잠긴 채 멍하니 화면만 바라보고 있었다.

그리고 영상이 흐르면서 드디어 제10화 『그리고 용과 호랑이는 신에게 도전한다』의 두 사람이 서클을 떠나기로 결의하는, 그 클라이맥스 순간이 화면에 나왔다.

"나 말이지? 에리리와 카스미가오카 선배가 서클을 관둔다는 이야기를 듣고, 엄청 울었어……."

"으……."

"카토 양……."

그런 절묘한 타이밍에 말문이 열린 메구미는 억누르고 있던 감정을 되찾은 것처럼, 떨리는 목소리를 쥐어짜냈다.

"두 사람 다 그렇게 최선을 다했는데, 모두가 하나로 뭉쳐서 열심히 했는데……. 그렇게 생각했던 건 나뿐인 걸까, 하고…… 나와 토모야…… 아키 군뿐인 걸까 하고 생각했어……."

"그렇지는……."

"카토 양……."

그런 메구미가 코맹맹이 목소리로 한탄을 토하자, 두 사람은 입 밖으로 토하려던 말을 무심코 삼키고 말았다.

……실은 방금 메구미가 입에 담았던 『토모야……』 라는 호칭에 관해 캐묻고 싶은 심정이기도 했지만…….

"하지만 두 사람의 마음을 들으니…… 두 사람 다 괴롭고 슬프며 분했지만…… 어찌할 수 없을 만큼 진지했다는 걸 알 수 있어. 그래서 더 높은 곳을 지향하기로 결심했다는 것도……."

"……."

"……."

그래도 메구미의 말이 자신들을 인정해주는 방향으로 흐르자, 아까의 실언(혹은 확신범 적인 언동?)은 일단 그냥 넘어가기로 했다.

"역시 전부 넘어갈 수는 없어……. 하지만 두 사람의 결심만큼은 나도 받아들일게."

『이 상황에서 메구미에게 괜한 소리를 해서 저 일을 다시 문제 삼으면 곤란해.』

『상대는 아까도 저 일을 다시 문제 삼은 전과가 있는 카토 양이야.』

『한번 물고 늘어지면 절대 놓지 않는 날카로운 송곳니가, 또 우리를 향했다간…….』

『역시 적당히 넘어가서 상대방이 대충 납득하게 할 수밖에 없겠네.』

……두 사람의 마음속에 그런 타산이 존재했는지는 이제 와선 영원히 알 길이 없다.

"그러니까 두 사람도 뒤돌아보지 마. 쭉 위만 바라보며 올라가……. 그리고 그 누구의 손도 닿지 않을 만큼 크게 성장하는 거야."

"메구미……."

"나, 지금이라면 응원할 수 있어. 꼭 응원할게."

"고마워…… 카토 양."

"그리고 토모야…… 아키 군은 나한테 맡겨. 아니, 서클은 나한테 맡겨."

"자, 잠깐만, 메구미!"

"당신, 아까부터 일부러 말실수를 하고 있는 거지? 그렇지?"

※ ※ ※

"아~, 여기는…… 으음, 극중에서도 말하는 것처럼…… 데이트가 아니라 취재야."

"……."

"……."

그리고 화면은 드디어 피날레인 최종화…… 『재기와 신규 게임 스타트』로 넘어갔다.

언덕길에서 메구미와 토모야가 맹세를 하는 신…… 이 『시원찮은 그녀를 위한 육성방법♭』의 모든 것을 마무리하는, 시리즈 최후의 클라이맥스 신이 나오고 있었다.

"그냥 다음 작품을 위해, 게임의 시추에이션을 여러모로 구상하며 연기해봤을 뿐이야."

"……."

"……."

그 결의와 미소, 그리고 오열의 신을…….

이번에는 에리리와 우타하가 침묵에 잠긴 채 지그시 바라보고 있었다.

이 신에서 메구미가 보여주고 있는 연기에 빠져든 건지…….

아니면, 자신들 때문에 진심으로 울고 있는 토모야를 보며 뭔가를 느끼고 있는 건지…….

"힘내, 힘내. 토모야, 메구미……."

"에, 에리리……?"

하지만 그 침묵의 시간은 이제까지와 마찬가지로 금세 끝을 맞이했다.

"우리는 위만 바라보며 올라가겠어……. 그 누구의 손도 닿지 않는 높은 곳을 향할게."

"하지만, 하지만…… 나는 기다릴 거야."

"한 걸음만이라도 괜찮아. 꼭 쫓아와 카토 양……. 윤리 군과 함께 말이야."

"언젠가 정상에서 만나자. ……그러면 메구미의 노래처럼 『즐거울』 거야."

"응. 힘낼게……. 에리리, 반드시 또 같이 게임을 만드는 거야."

"메구미……."

"후후……."

이 순간 세 사람의 눈은 평소보다 더 빛나고 있었다.

그것이 희망에 의한 것인지 아니면 물리적인 무언가에 의한 것인지…….

그것은 세 사람이 멋대로 정하면 될 것이다.

※ ※ ※

"드디어 최종회도 B파트…… 두 사람의 마지막 활약 장면이네."

"아……."

"아……."

"신칸센에서의 작별 신은 어떤 느낌이었어? 나, 어쩌면 또 울지도 모르지만 그래도 이해해줘."

"으, 으음……."

"그게, 저기……."
"아, 내 통화 신은 이런 느낌이었구나."
"……."
"……."
"응, 응……. 두 사람 다, 힘내."
"……(슬금슬금)."
"……(후다다닥)."
"………………어?"

"어? 기다려요, 카스미가오카 선배…… 이게 대체 어떻게 된 거예요?"

"저를 배신해놓고 작별 순간에 이러는 건 너무하지 않아요?"

"그리고 아직 상영회가 끝나지 않았는데 두 사람 다 가버린 거예요? 빨리 돌아와서 이게 어떻게 된 건지 설명해주세요."

시원찮……지 않은 아트레에서 지내는 방법
(메구미&토모야 편)

JR아키하바라 역 전자상가 쪽 개찰구를 빠져나와서, 왼편으로 향했다.

그리고 역 건물을 빠져나와 길을 따라 나아간 후, 이번에는 오른편 모퉁이를 돌고 나서 보행로를 따라 몇 걸음 나아가자…….

"안녕, 카토. 기다리게 해서 미안해."

"……그것보다 이 뒤편에 있는 거대한 나는 대체 뭐야? 아키 군."

그곳은 오늘 두 사람…… 토모야와 메구미가 만나기로 한 장소이자, 아트레 아키하바라1의 쇼윈도 앞이다.

참고로 4월 초 일요일인 오늘 그 윈도에는 어느 애니메이션 작품의 거대 포스터가 눈에 확 들어오게 전시되어 있었다.

"좋은 질문이야. 정말 좋은 질문이라고, 카토!"

토모야는 평소와 마찬가지로 후덥지근한 오타쿠 샤우팅을 지르더니 윈도의 포스터를 손가락으로 가리켰다.

"실은 이곳, 아키하바라 아트레에서는 TV애니메이션 『시원찮은 그녀를 위한 육성방법♭』의 콜라보 캠페인을 실시 중이야! 그러니 가게 곳곳에 카토와 에리리와 우타하 선배, 그리고 이즈미와 미치루가 전시되어 있는, 그야말로 우리에게 있어 최고의 볼거리로 가득 찬 장소에 온 거지, 카토!"

"으음~, 아키 군은 그 최고의 볼거리로 가득 찬 장소에 나를 불러내서 대체 뭘 하고 싶은 거야? 아까부터 뒤편의 포스터와 비교 당하고 있는 내 심정을 생각해본 적은 있어?"

하지만 그 후덥지근함을 접한 메구미는 평소처럼 무덤덤하게 넘길 수가 없는지, 약간 동요한 표정과 미묘하게 어리둥절한 시선으로 토모야를 응시했다.

"아니, 지난달부터 소프○의 초거대 간판에 네 그림이 떡하니 붙어 있잖아. 이제 와서 아키하바라에서 스텔스 성능을 발휘하는 건 무리일 거야. 적어도 애니메이션 방영 시즌 동안은 말이지."

그 외에도 실물크기 피규어 제작 및 어플리케이션 제작도 되는 등, 언제 어디서나 눈에 들어올 정도였다.

"하아, 애니메이션과 원작 둘 다 빨리 완결되었으면 좋겠네."

"메인 히로인이란 녀석이 그런 소리를 하는 거야? 응?"

하지만 당사자인 메구미는 그 광경을 보고도 흥분하지 않았다. 평소와 마찬가지, 아니, 평소보다 반음 정도 텐션이 낮은 목소리와 반응이었다.

……그건 그렇고 만약 완결이 되었을 때 자신이 눈앞에 있

는 남자와 어떤 관계가 되었을지 알면서 그런 소리를 하는 걸까.

뭐, 그건 아직 아무도 알지 못하지만 말이다.

"……저기, 카토."

"왜? 아키 군."

두 사람이 아트레에 들어서고 한 시간가량이 흘렀다.

"언제까지 여기서 쉬고 있을 거야?"

"으음~, 아키 군이 「슬슬 돌아갈까」 하고 말할 때까지?"

"아직 내부를 제대로 둘러보지도 않았는데……."

그 동안 두 사람은 3층에 있는 카페에서 느긋하게 시간을 보내고 있었다.

1층의 푸드코트도 2층의 행사 코너도 가게 곳곳을 꾸미고 있는 장식도 기념촬영은 고사하고 그 어디에도 방문조차 하지 않았다.

"하지만 이 곳(아키하바라)에 왔을 뿐인데 피곤하단 말이야."

뭐, 아트레 곳곳에 붙어 있는 포스터와 건물 전체에 울려 퍼지고 있는 시원그녀 성우들의 관내 방송, 그리고 곳곳에서 들려오는 작품 관련 악곡들을 피하는 건 무리다. 그리고 그런 것들을 눈이나 귀로 접할 때마다, 메구미의 표정이 점점 죽어가는 것을 누구도 막을 수 없었던 것이다.

"모처럼의 콜라보인데…… 카토, 너는 대체 뭘 하러 아트레에 온 거야?!"

"아키 군은 설명도 안 해주고 시간과 약속 장소만 지정하며「절대 지각하지 마!」하고 엄포를 놓았으면서, 자기가 10분이나 지각했던 걸로 기억하는데 말이야."

"……이유도 묻지 않고 바로 수락한 카토 양께도 조금은 문제가 있지 않을까요?"

"뭐, 지나간 일을 가지고 왈가왈부하지 말자. 아무튼 지금은 우리로 도배된 이 마을에서 한시라도 빨리 벗어나고 싶어."

"뭐가 그렇게 싫은 거야? 내가 아는 크리에이터들은 자기 이름이 적힌 간판의 사진을 찍으며 히죽거리던데 말이야."

"일부의 그렇고 그런 사람들이나 그럴걸? 아키 군과 친하게 지낼 정도잖아."

"그렇게 치면 카토도…… 아무 것도 아냐."

분명 두 사람 사이에는 자신이 전혀 눈치채지 못한 깊은 골이 존재한다는 것이라고 자기 자신을 억지로 납득시킨 토모야는 어느새 식은 커피를 목에 들이부었다.

"뭐, 싫어하는 카토를 억지로 데리고 다니는 것도 좀 그래. 그럼 일단 이동하자."

"미안하지만, 그렇게 해주면 고맙겠어."

"그럼 어디 갈까?"

"으음, 이제 돌아다니는 것도 귀찮으니까 아키 군의 집에 돌아가서 쉬면 안 될까?"

"나는 괜찮은데…… 모처럼 외출했는데 그래서야 평소의 서클 활동과 별반 다르지 않잖아."

"괜찮아. 나는 거기가 가장 편해."

……듣기에 따라서는 엄청 성숙한 커플의 대화처럼 여겨질지도 모른다는 사실에 전혀 생각이 미치지 못한 두 사람은 그대로 카페를 나섰다.

"기다리게 해서 미안해……. 여기, 카토도 한 장 받아."

"이게 뭔데?"

카페에서 계산을 마치고 메구미가 기다리는 에스컬레이터 앞으로 온 토모야는 영수증과 잔돈이 아니라, 카드 같은 것이 들어있는 팩을 메구미에게 내밀었다.

"이게 바로 콜라보 캠페인의 특전이야. 500엔 이상 구매해준 손님에게는 특전 카드를 랜덤으로 줘!"

"……으음~."

"사실 아까 그 카페도 대상 점포였어……. 두 장 받았는데, 어느 걸 할래?"

"아니, 그러니까 아키 군……."

"더치페이로 계산했으니까, 너도 한 장 받을 권리가 있어……. 이거 받아."

"……하아, 정말."

토모야의 억지스러운 행동에서…… 평소 이상의 배려를

느끼면서도 어이없는 표정을 지은 메구미는 그가 내민 두 장의 카드 중 한 장을 대충 골랐다.

"좋았어. 그럼 확인하자! 카토는 뭐가 나왔어?"

"잠깐만 기다려. 으음~."

그리고 메구미는 토모야에 이어서 건네받은 팩을 찢더니, 안에 들어 있는 카드를 꺼내보았다.

"에리리……네."

"나는…… 아, 우타하 선배야!"

두 사람의 카드에는 평소에 함께 서클 활동을 하는 동료들이 실려 있었다.

"으음, 이게 당첨인지 꽝인지에 대해 이야기했다간 여러모로 물의를 일으킬 것 같으니 생략하기로 하자. 아무튼 겹치지 않아서 다행이야! 안 그래? 카토!"

"……."

"좋아. 그럼 돌아가자, 카토…… 카토?"

우타하의 카드를 호주머니에 넣은 토모야가 에스컬레이터로 향하려 하면서 메구미를 돌아보니…….

그녀는 에리리의 카드에서 눈을 떼지 못한 채, 그 자리에 멍하니 서있었다.

"카토……?"

"저기, 아키 군."

"어, 왜?"

“……다른 가게에 들러도 될까?”

“뭐……?”

그 후로 메구미와 토모야는 바로 돌아간다는 이야기는 어디 간 건지 아트레 안의 전문점을 한 시간 이상 돌아다녔다.

……그리고 여덟 번째 가게에서 겨우 노리던(메구미) 카드를 뽑은 순간에 메구미가 지었던 환희와 후회가 뒤섞인 매우 미묘한 표정을 토모야는 한동안 잊지 못했다……고 한다.

시원찮……지 않은 아트레에서 지내는 방법
(에리리&이즈미 편)

JR아키하바라 역 전자상가 쪽 개찰구로 나와, 눈앞에 있는 문을 통해 1층, 혹은 소부 선 플랫폼의 직통 연결이 되어 있는 아트레1 개찰구를 통해 3층으로 올라와 갈 수 있는 아키하바라의 현관, 아트레 아키하바라에서는 현재 TV애니메이션『시원찮은 그녀를 위한 육성방법♭』의 콜라보 캠페인이 실시중이다.

"어? 사와무라 선배……?"

"하…… 하시마 이즈미?"

그리고 그 콜라보 캠페인에서 가장 주목받고 있는 곳은 바로 2층 행사 코너에서 개최된 굿즈 판매 특설 코너였다.

그러니 그런 주요 코너에 모여든 손님들 중에서 사와무라 스펜서 에리리와 하시마 이즈미라는 두 일러스트레이터가 우연히 마주치는 것도 희귀한 일은 아닐지도 모른다…… 아마도 말이다.

"으, 으음. 여기서 뭘……."

미심쩍은 얼굴로 묻는 이즈미의 시선은 에리리가 양손으

로 안아들고 있는 산더미 같은 캔 배지와 스티커를 향하고 있었다.

"그, 그러는 너야말로……."

반대로 에리리의 시선은 행사 코너에 깔려 있는 굿즈의 위치를 정성들여 바꾸고 있는 이즈미를 향하고 있었다.

"사와무라 선배, 자기 굿즈를 사재기하듯 왕창 산 거예요?!"

"자기 굿즈를 남의 굿즈 위에 깔아놓고 있는 너한테 그런 소리를 듣고 싶지 않거든?!"

또한, 에리리가 들고 있는 굿즈의 캐릭터는 전부 금발이었으며, 이즈미가 굿즈를 둔 장소에는 빨강머리 캐릭터가 현현되어 있었다. 결국 교섭의 여지 같은 건 존재하지 않는 것이다.

"잠깐만, 아무리 그래도 관계자…… 아니, 당사자가 사재기를 하는 건 좀 그렇지 않아요? 사와무라 선배."

"어, 어쩔 수 없잖아! 여기서 천 엔어치 이상 물건을 사면, 특전으로서 원작자의 신작 SS를……!"

"그런 특전, 전혀 탐나지 않거든요?!"

"나, 나는 그저 쇼핑을 하고 있을 뿐이야. 이 매장에 폐를 끼치진 않았어……!"

이즈미의(원작자에게 있어) 너무한 발언에 압도당하면서도 에리리는 뒷발에 힘을 주며 가슴을 폈다.

"오히려 매장에 폐를 끼치고 있는 건, 팔리지도 않는 굿즈를 눈에 띄는 곳에 옮겨놓는다고 하는 명백한 영업 방해를 하고 있는 너야! 하시마 이즈미!"

그런 뜻밖의 반격을 당한 이즈미도 두 주먹을 꼭 말아 쥐며 가슴을 폈다.

……참고로 볼륨 면에서는 상대조차 되지 않을 만큼 압도적으로 차이가 나지만, 공교롭게도 이번 승부의 기준은 그쪽이 아니기에 여자들 간의 말다툼은 계속 이어졌다.

"하, 하지만 이것 좀 보세요! 제 굿즈는 여기 옮겨둔 것밖에 남지 않았다고요! 즉, 필사적으로 제 굿즈를 찾는 사람들을 위한 배려……."

"네 굿즈는 애초에 입하 물량 자체가 적었던 거야! 잘 팔려서 얼마 안 남은 게 아니라, 안 팔리니까 얼마 안 되는 것뿐이거든?!"

"아~! 아~! 안 들려요오오오~!"

"애초에, 너 같은 인기 최하위 캐릭터가 그런 식으로 어필 좀 한다고 인기를 얻을 리가 없잖아!"

"저는 출연 분량이 적으니까 어쩔 수 없는 거라고요! 그렇게 많이 나왔으면서도 인기 순위 3위인 쪽이 더 위험한 거 아니에요? 이건 인지도가 낮은 게 아니라, 순수하게 인기 자체가 낮은 거라고요!"

"그러는 넌 관내 방송에도 안 나오잖아!"

"다른 두 사람이 개그 담당이라 혼자서 쓸쓸히 태글을 담당을 할 바에야 차라리 안 나오는 편이 낫거든요?!"

"애니메이션 1기에서는 캐릭터송조차도 안 나왔잖아!"
"애니메이션 2기에는 있어요오오오!"
"이 조무래기가아아아아아아아아아아아~!"
"선배야야 말로 조무래기거든요오오오~?!"
으음~. 뭐, 미묘한 스포일러가 섞여 있는 것 같지만 중요한 건 그게 아니다.
애니메이션을 꽤 봐야 알 수 있는 두 사람의 적대관계를 이렇게 적나라하게 묘사하는 것 자체가 중요한 스포일러니까…….
※매장 안에서의 사재기 행위, 상품을 옮기는 행위, 말다툼, 폭력 행위 등은 금지되어 있습니다.

그리고 몇 분 후…….
"너, 너무 떠들면 다른 손님들에게 폐가 될 거야."
"그, 그래요……. 일시적으로 휴전하기로 해요."
이제야 그걸 눈치챈 거냐는 점은 제쳐두기로 하고, 얼굴이 미소 대신 손톱자국과 멍으로 범벅이 된 두 사람은 일단 악수를 나눴다.
"중요한 사실을 깜빡했어……. 애초에 우리는 캐릭터 인기로 경쟁하고 있는 게 아니라는 점 말이야."
"맞아요……. 저희가 양보할 수 없는 건, 일러스트레이터로서 누가 더 뛰어나느냐는 점뿐이니까요."

결국 『싸우지 않는다, 경쟁하지 않는다, 다투지 않는다』란 선택지는 이 두 사람 사이에서 생겨나지 않았다.

하지만 그 싸움의 이유를 자신들의 성장과 미래에서 찾아낸다는 방향성만큼은 일치한 것이다.

"지지 않을 거야. 하시마 이즈미……."

"저도 절대 지지 않겠어요!"

"……후후."

"아하하."

그리고…….

앞을 바라보고 있는 두 사람의 얼굴에는 드디어 진심어린 미소가 어렸다.

……그리고 몇 분 후 2층 행사 코너에서 떨어진 곳에 있는 이번 콜라보 캠페인에 있어 또 하나의 메인이라 할 수 있는 신작 포스터 앞.

"앗! 사와무라 선배!"

"아니…… 하시마 이즈미?!"

"왜 남의 포스터에 낙서를 하고 있는 거예요~?!"

불같이 화를 내고 있는 이즈미의 시선은 오른손에 쥔 매직으로 이즈미의 일러스트에 수염을 그리고 있는 에리리를 향했다.

"그러는 너도 손에 쥔 매직으로 뭘 하려는 거야?!"

그리고 그런 에리리의 시선을 받고 있는 이즈미 또한 매직의 뚜껑을 열고 임전 태세를 취하고 있었다.

"이, 이건…… 아, 아까 이야기했잖아요. 일러스트로 승부하자고요……."

"그, 그래. 맞아……. 우리는 그림으로만 스스로를 표현할 수 있는걸."

"……."

"……."

"……그러니까~!"

"정정당당히, 승부하자!"

그리고 다시 싸움의 막이 올랐다.

"아아앗! 얼굴에 낙서하는 건 그렇다 쳐도 제 일러스트의 복부에 살점을 더하지 마세요~!"

"그러는 너야말로 『절벽가슴』이라고 내 일러스트에 적지 마! 험담이 아니라 그림으로 승부하란 말이야, 그림으로!"

"아아아아앗! 제 일러스트가 아니라 제 얼굴에 직접 낙서하지 말라고요!"

"움직이지 마! 제대로 그리지 못하겠단 말이야!"

※거듭 말씀드립니다만, 매장 안에서의 낙서, 말다툼, 폭력 행위 등은 금지되어 있습니다. 어기신 경우 부득이하게 퇴점 조치를 취할 수도 있으니 양해 부탁드립니다.

시원찮……지 않은 아트레에서 지내는 방법
(우타하&미치루 편)

JR아키하바라 역의 전자상가 쪽 개찰구 바로 앞의 문으로 들어가면, 바로 역과 연결되어 있는 전문점 상가 아트레 아키하바라1이다.

"저기, 선배. 책 되게 많이 샀네~."

"뭐, 요즘 마감에 쫓기느라 책을 못 샀거든."

1층 푸드코트에 있는 카레 가게에서 얼굴을 마주하고 앉아서 수저를 입으로 옮기고 있는 건, 카스미가오카 우타하와 효도 미치루다.

흔히 볼 수 없는 희귀한 조합인 이 두 사람은 지금도 딱히 대화를 즐기고 있지 않으며 방금까지도 우타하는 독서를, 미치루는 식사에 빠져 있었다.

또한 이 두 사람은 일부러 약속을 하고 여기서 만난 것이 아니었다.

"그건 그렇고 효도 양이 이런 곳에 있다는 게 좀 의외야."

"어~, 그래~?"

"응. 당신은 오타쿠가 아니잖아. 그런데 왜 나한테 안내를 부탁하면서까지 이런 애니메이션 콜라보 캠페인을 보러 온 거야? 그것도 아키하바라에 말이야.”

그렇다. 약 한 시간 전, 미치루가 우타하에게 「저기, 선배. 아트레 아키하바라란 곳은 어디에 있어?」 하고 물었던 것이다.

헌책방을 둘러보던 우타하, 그리고 악기점을 둘러보던 미치루가 오차노미즈 역 앞에서 우연히 마주쳤을 때의 일이다.

“그래도 한 번은 보러 와야 하지 않겠어? 우리의 포스터가 이렇게 잔뜩 붙어 있으니까 말이야~.”

그렇다. 현재 아트레 아키하바라에서는 TV애니메이션 『시원찮은 그녀를 위한 육성방법♭』과의 콜라보 캠페인이 개최되고 있으며, 『blessing software』의 멤버가 그려진 포스터와 굿즈 등이 매장 곳곳에 전시 및 판매되고 있었다.

“실은 얼마 전에 로○이란 편의점과 콜라보한 것도 보러 갔어. 클리어파일을 카운터에 들고 가서, 「여기 그려진 애가 나야~」 하고 말했다니깐!”

“당신이란 사람은 정말…… 하긴, 당신은 원래 무대 위에서 노래하는 사람이지.”

아무튼 2차원과 3차원의 경계가 애매모호해진 느낌이 들기는 하지만 이것도 시원그녀와 아트레라는 2차원과 3차원의 융합에 의한 것으로 여겨주시면 감사하겠습니다…….

“선배는 자기가 남들 눈에 띄는 것에 흥미가 없구나…….”

“그래. 전혀 눈곱만큼도 없어.”

"그런데도 용케 작가로 활동하네~."

"그래?"

"그야 작가는 자신의 쪽팔리는 망상을 남들한테 팔아치우는 직업이잖아? 그거야말로 자기과시욕 그 자체 아냐?"

미치루의 악의는 없지만 솔직하기 없는 그 지적을 듣고도, 우타하는 딱히 기분 나빠하지 않았다. 그저 쓴웃음을 머금으며 자신의 생각을 입에 담았다.

"확실히 내가 쓴 『이야기』는 많은 사람들이 봐줬으면 하지만…… 그래도 나 자신을 알리는 데는 딱히 관심 없어."

"단 한 사람은 제외지?"

"……그게 당신처럼 무대 위에 서는 『캐스트』와 나처럼 무대 뒤편에서 득의만만한 미소를 머금는 『스태프』의 차이일지도 몰라."

그리고 미치루치고는 꽤 뼈아픈 태클 또한, 어른스러운 대응력으로 흘려보냈다.

"카스미가오카 선배는~ 참 쿨하네~."

"그렇지도 않아."

마지막 한 입의 카레를 컵 안의 물과 함께 위 안으로 밀어 넣은 후, 우타하는 입 안에 남아있는 얼음을 굴리면서 가게 안에 붙은 포스터를 응시했다.

"만약 이번 콜라보의 대상이 우리 자신이 아니라, 내 『작품』이었다면……."

“『사랑에 빠진 메트로놈』이나 『순정 헥토파스칼』 말이야?”
그 눈동자에서는 긍지와 기쁨, 부끄러움 같은 감정이 어려 있지는 않았다.
“응……. 그랬다면 당신처럼 희희낙락하며 둘러봤을지도 몰라. 약간 멋쩍은 이 공간을 말이야.”
하지만 약간의 선망과 질투, 그리고 야망의 불꽃이 어렴풋이 보였다.
예, 진짜로 희희낙락하며 돌아봤을 거예요. 누가 그랬는지는 밝히지 않겠지만요…….

“이제 나가자, 효도 양. 이건 내 음식 값이야.”
“아. 됐어, 선배. 오늘 안내해준 답례 삼아 내가 살게!”
식사를 마친 우타하가 계산서 위에 천 엔짜리 지폐를 두자, 미치루는 계산서만 쥐며 몸을 일으켰다.
“그럴 수는…… 아. 뭐, 때로는 괜찮을지도 몰라. 그럼 잘 먹었어.”
“헤헤~. 그렇게 나오셔야지!”
연상, 게다가 연수입 ○○○○만인 우타하이지만…… 이 솔직한 호의를 불편하게 여길 이유는 눈곱만큼도 없기에 순순히 자신의 돈을 지갑에 넣었다.
“아, 그 대신 특전 카드는 내가 가질게. 그래도 되지?”
“그건 괜찮은데…… 당신, 설마 그걸 모으고 있는 거야?”

특전 카드란 이번 콜라보 캠페인의 메인 정책 중 하나이며, 대상 점포에서 500엔 이상 돈을 쓴 손님에게 배포되는 캐릭터가 디자인된 한정 카드다.

여러 종류의 카드가 랜덤으로 배포되고 있기 때문에 전부 모으는 건 어렵다는 평판인, 명백한 오타쿠 아이템인 것이다.

그러니 원래라면 미치루가 흥미를 가질 만한 것이 아니었다.

“아~. 나는 딱히 관심이 없는데……. 토모 녀석은 다른 것 같거든~.”

“윤리 군 말이야?”

“응. 일전에 여기에 왔을 때 하나 빼고 다 모았는데, 그 하나가 좀처럼 안 나오나 봐.”

“그렇구나…….”

그렇다. 이런 것에 흥미를 가질 사람은 중증 오타쿠인 토모야 쪽인 것이다.

그렇기에 미치루의 이런 행동도 그런 이유에서라면 충분히 납득이 됐다.

“그런데 그 마지막 한 장이 아무래도 내 카드인 것 같거든~.”

“흐, 흐음…….”

그렇다. 토모야를 위해 이러는 것이라면 충분히 납득이…….

“그렇다면 내가 한팔 걷어붙일 수밖에 없지 않겠어?”

“……참고로, 내 카드는 어떻게 됐대?”

“아~, 이미 다섯 장이나 모았다며 나한테 한 장 줬어. 이

거야.”

“……흐, 흐, 흐으으으음~.”

미치루가 자신이 그려진 카드를 내밀자, 우타하는 그것을 무심코 으스러뜨릴 뻔 했지만…… 그런 행동을 취해봤자 비참할 뿐이라는 사실을 깨닫고, 결국 자중했다.

“토모가 이렇게 나를 원하는데 그에 부응할 수밖에 없지 않겠어~?”

“…….”

“그러니까 나와라! 내 카드~ 토모에게 나를 주기 위해서~.”

“……윽.”

우타하는 「어디까지나 『카드』를 주려는 거잖아!」 하고 태클을 거는 것도 깜빡했다.

어느새 두 사람이 앉은 테이블이 격렬하게 흔들렸다. 그 원인은 쉴 새 없이 떨리는 우타하의 다리였다.

“……효도 양.”

“왜?”

“역시 식사는 내가 살게. 잔돈도 네가 가져.”

“……선배?”

우타하가 떨리는 손으로 지폐를 내밀자 미치루는 미심쩍은 표정을 지을 수밖에 없었다.

그 지폐는 방금 우타하가 집어넣었던 천 엔짜리 지폐가 아니라, 만 엔짜리 지폐였던 것이다.

"그러니까 카드 두 장 다 내가 가지겠어……. 그리고 효도 양의 카드가 나와도 당신에게 주지 않을 거야."

"앗, 약아빠졌어~!"

"약아빠져도 돼! 비겁해도 상관없어! 사재기를 해주겠어……. 모든 가게에서 당신의 카드를 다 사들여버릴 거야, 효도 양!"

"무슨 말도 안 되는 소리를 하는 거야?!"

"말도 안 되는 소리 아냐! 베스트셀러 작가의 재력을 얕보지 말아줬으면 좋겠네……."

"잠깐만! 선배, 너무 어른스럽지 못한 거 아냐~?!"

아니, 뭐, 그리하여…… 미치루가 의도한 건 아니지만 우타하의 역린을 건드리는 도발을 연거푸 해댄 결과…….

우타하는 『아까와 다른 의미에서의』 어른스러운 대응력을 선보였다.

시원찮은 판타지아 대감사제 2017

"바, 바다야, 메구미……."

"응. 바다네, 토모야 군."

지금은 가을, 아무도 없는 바다……가 아니라 아직 여름이라 드문드문 수영하는 사람이 있는 어느 리조트지의 해변.

판타지아 대감사제가 개최되는 10월에 『낙원(파라다이스)에 걸맞게 히로인들의 수영복 일러스트와 SS를』이라는 발주를 한 판타지아 문고 편집부의 사고회로는 여러모로 문제라고 생각하지만 아무튼 현재 나와 메구미는 모래사장에 나란히 앉아서 바다를 응시하고 있었다.

"저, 저기 그 수영복 잘 어울려."

"아~, 응. 고마워."

뭐, 그런고로 옆에 앉아있는 메구미의 수영복 차림은……솔직히 수영복의 저 하늘거리는 부위를 비롯해 각종 부위의 명칭 같은 것을 오타쿠가 알리가 없으니, 비주얼 정보는 문장에 의지하지 말고 그림을 통해 이해해주셨으면 합니다.

"저, 저기 메구미."

"으음~, 왜?"

"손…… 잡아도 돼?"

사실 나는 현재 그런 천을 묘사할 여유가 없다고나 할까…….

아니, 나한테 그런 면적이 얼마 안 되는 천에 대해 생각할 여유가 있었다면, 그런 조그마한 천만 몸에 걸치고 있는 여자애에게 모든걸 다 쏟고 싶다는 불손한 생각을 하고 있다고나 할까…….

"………"

"어, 어때……?"

하지만, 내가 그런 사춘기 소년 느낌 물씬 나는 제안을 하자…….

"으음, 지금까지 토모야 군은 내가 어떤 복장을 해도『메인 히로인으로서 이러쿵저러쿵』하며 나를 2차원화해서 모에를 즐겼는데, 오늘은 혹시 3차원의 나한테 모에하고 있는 거야? 그건 작품 콘셉트적으로 단순한 러브코미디가 되어버리지 않을까?『시원그녀』가 그렇게 되어도 괜찮겠어?"

"……무무무무무무무무무무무무무무무무무무무무슨 소리를 하는 거야?!"

메구미는 메인 히로인이 아니라 서브 디렉터적인 관점에서 따끔하게 지적을 했다.

"자, 자자자자자잘 들어, 메구미! 이 『시원찮은 그녀를 위한 육성방법』은 말이야! 10월에 드디어 완결을 맞이하고 메구미와 나는 경사스럽게도 사귀게 된다고!"

"……스포일러를 해도 돼?"

"그건 일단 제쳐둬! 아무튼 나와 메구미가 평범하게 러브러브할 뿐인 외전도 충분히 오케이란 말이야!"

그렇다. 예를 들어 단둘이 바위뒤편에 숨거나 동굴에 간다거나…… 뭐, 라이트 노벨로서는 아웃이지만 말이다.

"아~, 그럼 지금 여기에 있는 나는 대학생이고 토모야 군은 재수생이란 설정이야? 그렇다면 단둘이 바다에 올 때가 아니라, 토모야 군은 입시학원에 가서 공부를 해야 하지 않을까?"

"설정 같은 말 입에 담지 마! 그리고 스포일러도 하지 말란 말이야!"

"그런 걸 이중 잣대라고 하지 않아?"

……죄송합니다만, 이런 이레귤러적인 SS를 읽을 정도로 『시원그녀』에 관심을 가지고 계신 분께서는 이걸 읽기 전에 우선 13권부터 읽어 주십시오.

"그리고 재수생 주제에 그렇고 그런 생각만 하는 남자애와 아무렇지도 않게 바다에 같이 와서 애정행각을 벌였다간 메인 히로인의 격이 떨어질 거라고 생각하는데, 토모야 군은 어떻게 생각해?"

“완전 자기만 잘난 줄 아는 메인 히로인이네! 네가 무슨 후지○키 시○리냐! 모든 파라미터가 고레벨이어야 공략할 수 있는 최종보스 히로인이냐고!”

“그러니까 나뿐만 아니라 독자 분의 연령층도 꽤 낮아졌거든?”

“뭐, 최근의 메구미라면 최종 보스라고 해도 틀린 말은 아니겠지만 말이야.”

“………토모야 군?”

“너의 이런 면 때문에 최종 보스 같다고 말하는 거야!”

내가 이 세상에서 가장 무서워하는 것…… 그것은 바로 동공이 활짝 열린 메구미의 눈이다.

“하아……. 우리는 정말 그렇고 그런 분위기가 되기 참 힘드네.”

“네가 계속 분위기를 바꿨잖아…….”

이렇게 시간과 말을 들였지만, 결국 우리는 역시 손을 잡지도 않은 채 모래사장에 멍하니 앉아있기만 했다.

“사귀기 시작한 후에도 메구미는 여전히 무덤덤하네…….”

“그야 세간에 보이는 부분은 신경 쓸 수밖에 없잖아~.”

“그건 또 무슨 소리야?”

그렇게 쓸데없이 시간을 허비하는 사이에 눈부시던 햇살이 어느새 석양으로 바뀌더니, 바다를 붉게 물들이고 있었다.

"하아…… 이제 됐어. 돌아가자."

"……."

결국 타임 오버를 맞이한 나는 애정행각을 고사하고 물에 들어가지도 않은 채 묘하게 피곤한 몸을 일으켰다.

그러자 메구미도 덩달아 몸을 일으키더니…….

"저기, 토모야 군."

"왜?"

"저쪽에 동굴이 있는 것 같던데, 가보지 않을래?"

"뭐……?!"

갑자기 내 눈을 똑바로 쳐다보며, 내 손을 꼭 움켜쥐더니, 라이트 노벨의 허용범위를 벗어나는 폭탄을 투하했다.

……아, 유감스럽게도 지정된 분량에 도달하고 말았군요.

불평은 분량을 한정한 판타지아 문고 편집부에 해주시길.

시원찮은 드래곤매거진 18년 7월호

"저기, 메구미……."

"……."

"아니, 저기……."

"쿨…… 쿨……."

"……(톡톡)."

"……하아, 알았어. 마음대로 해~."

"크아아아아~! 잠꼬대하지 마~! 빨리 일어나라고, 메구미이이잇~!"

"어어……?"

인내심이 바닥난 내가 분노와 초조와 주저와 당혹이 뒤섞인 약간 새된 목소리로 그렇게 외치자, 메구미는 졸음이 섞인 듯한…… 아니, 실제로 졸음이 섞인 목소리로 그렇게 말했다.

"그런 모습으로 잠을 자지 말라고……. 감기 걸릴 뿐만 아니라, 내 정신 건강에도 나쁘단 말이야."

"그래~, 맞아. 오늘은 참 피곤했어~."

"너, 아직 잠이 덜 깼지?"

이 SS가 클리어파일의 일러스트와 세트인 만큼 현재 메구미가 수영복 차림으로 잠들었다는 점은 독자 여러분께서도 충분히 이해하고 계실 것이다.

하지만 그림만으로는 추측할 수 없는 점을 보충설명하자면…… 이 녀석은 지금 내 침대에 드러누워 있다고!

참고로 이 상황을 제시한 사람은 모 편집장이니, 이 뜬금없는 상황에 대한 책임은 그쪽에 떠넘기기로 하고…….

그런 상황에서도 어찌어찌 이야기를 맞추자면, 우리는 단둘이 이케부쿠로에 쇼핑을 하러 가서 함께 수영복을 고른 후, 내 방에서 그걸 입은 모습을 보여주기로 약속했다.

그리고 낮에 돌아다니느라 피곤했던 건지 메구미는 수영복 차림으로 내 침대를 차지해버렸는데…….

"그리고 아까 전의 「마음대로 해~」는 대체 뭐야? 이 상황에서 그런 말을 하는 건 여러모로 위험하지 않아? 내가 리얼충이었다면 지금쯤 「뭐야? 유혹하는 거야?」 같은 소름 돋는 소리를 하고 있을지도 모른다고."

"……안 하는 거야?"

"……잠깐만 있어봐. 내 추측이 들어맞은 거야?"

"으음~, 글쎄?"

"질문에 질문으로 답하지 마! 완전 흔들리거든?! 완전 당황스럽거든?!"

일부의 『시원찮은 그녀를 위한 육성방법 Memorial』까지 읽어주신 독자 여러분께서는 지금 우리의 상황이 여러모로 아웃인 건 아닌가 싶어 걱정하고 계실 것이다.

하지만 Memorial을 읽은 독자 여러분께서는 이 상황이 Memorial의 신작 소설 이후의 내용이라는 말을 듣고 어떤 상황인지 눈치채실 거라고 생각하니, 결론부터 말씀드리자면 여러분 Memorial을 읽어 주세요.

그건 그렇고, 그 일러스트와 마지막 한 줄은 여러모로 물의를 일으켰지……. 에로게임 시나리오라이터한테는 기본소양 같은 건데 말이야.

"정말, 완벽한 면죄부가 없으면 토모야 군은 아무 것도 못하는 구나."

"아니, 그건 나만이 아니라 전반적인 오타쿠의……."

"아무리 오타쿠라도 이렇게 겁쟁이인 사람은 극히 드물 거라고 생각해."

아직 잠이 덜 깬 건지, 아니면 장난을 잘 치는 카토 양인 건지…….

메구미는 비키니만 걸친 자신을 제대로 쳐다보지도 못하는 나를 매우 고혹적인 눈동자로 올려다보았다.

"그러니까 어쩔 수 없이 내 쪽에서 균형을 맞춰줄 수밖에 없네…….”

“그렇다고 그런 의미심장한 말을 아무렇지 않게 내뱉지 마……. 심장에 안 좋단 말이야.”

하지만 저 입술에서 흘러나온 숨결 섞인 말투 또한, 저 눈동자와 표정을 뒷받침하듯 끝내주게 요염했다.

“토모야 군은 정말 변함이 없네…… 평소에는 그렇게 자신만만하지만, 여차할 때는 완전히 겁쟁이가 되어버리잖아.”

“메구미도 변함이 없는걸……. 평소에는 마이페이스이고 여차할 때도 마이페이스잖아.”

“뭐, 상대가 토모야 군이니까 그런 거야.”

“너무하네…….”

“앞으로도 쭉, 내가 그럴 상대는 토모야 군 뿐일 테고 말이야.”

“아…….”

그리고, 숨결과 함께 입에서 흘러나온 그 말은…….

역시 내가 참을 수 없을 만큼 귀엽고 사랑스러우며…….

“메구미…….”

“응, 좋아. 토모야 군…….”

메구미가 다시 눈을 감았다.

이번에는 피곤해서가 아니라 결심했기 때문이리라.

봄에 만났고 봄에 함께 맹세했으며 그리고 봄에 맺어진 우리의…….

우리만의 유대를 더욱 견고하게 다지기 위해서.

"……."

"……(꿀꺽)."

"쿨…… 쿨……."

"너, 나를 너무 물로 보는 거 아냐?!"

하지만 미안해. 이건 드래곤매거진의 부록이야……. 편집자의 의향에 따라 이쯤에서 끝낼 수밖에 없다고.

긴급 토론! 시원찮은 그녀를 위한 육성방법 극장판은 어떻게 될 것인가?!

어느날 KADOKAWA 제3빌딩……이 아니라, 후시카와 서점 빌딩의 제2회의실.

"그럼 오늘은 익숙한 게스트 여러분께서 이 자리에 모여주셨습니다! 여러분, 잘 부탁드립니다!"

평소와 마찬가지로 쓸데없을 정도로 기운차게 말을 늘어놓는 교복 차림의 안경 쓴 남자…… 아키 토모야의 시선이 향한 곳에는 평소와 다름없이 의욕이 바닥을 치고 있는 세 여자가 앉아 있었다.

"……이 어처구니없는 기획은 뭐야? 드래곤매거진 신작답게 캐릭터성을 무시하며 안이하게 분량을 때우려 드는 어디 사는 누구 씨의 마○터베○션 냄새가 풀풀 나네."

"누구인지 알면서도 일부러 언급하지 않는 데는 다 그럴 만한 이유가 있다는 것을 이제 그만 깨달으라고, 에리리!"

한 사람은 패배자(잠정) 금발 트윈 테일, 사와무라 스펜서 에리리.

"그쪽이 그렇게 나온다면 이쪽에도 다 생각이 있어…….

이번 토론은 시사 관련이나 누가 사고치고 튄 이야기로 가득 채워서 외전에서 다시 사용하지 못하게 만드는 거야. 그러면 어디 사는 누구 씨의 흉계도 빗나가고 말겠지?"

"우타하 선배, 제가 3초 전에 에리리하게 한 말을 못 들은 거예요?!"

다른 한 사람은 몸도 마음도 미련으로 점철된 흑발 롱헤어, 카스미가오카 우타하.

"하지만 토모야. 『극장판은 어떻게 할 것인가』 같은 걸 우리한테 물어봤자, 극장판의 각본가가 이 토론회의 각본도 쓰고 있는 시점에서 이미 짜고 치는 고스톱이나 다름없지 않아?"

"그 사실을 이렇게 초반에 밝혀버리면 어떻게 해! 마지막까지 아껴뒀다가 반전 요소로 써먹어야 할 거 아냐, 에리리!"

"그리고 윤리 군? 중요한 정보는 10월 21일에 벨사르 아키하바라에서 열리는 『판타지아 대감사제 2018』의 스테이지 이벤트에서 발표하기로 되어 있잖아. 그러니 여기서 공개 전의 정보를 이야기하는 건 무리 아닐까?"

"그리고 우타하 선배. 똑같은 태클을 몇 번이나 하게 만드는 건가요? 하지 말라는 말을 내가 대체 몇 번이나 해야 알아먹을 거예요?!"

"뭐, 대감사제의 스테이지 이벤트는 매년 『새로운 정보가 공개될지도?!』 하고 생각하도록 부추긴 후에 피규어나 라디오처럼 곁다리 정보나 늘어놓거나, 아니면 새 정보랍시고 미사키 쿠레히토 선생님이 그린 새로운 표지 공개 같은 걸로 미묘하게 얼버무리잖아. 솔직히 그다지 믿음이 안 가."

"그건 얼버무리는 게 아니거든?! 미사키 선생님의 일러스트 공개에 어느 정도의 가치가 있는지는 일러스트레이터인 너라면 잘 알고 있을 거잖아!"

"뭐, 이번 스테이지에서 극장판 타이틀이라도 발표된다면 그럭저럭일 거야. 응모해준 분들에게는 죄송하지만, 일부러 와서 들을 가치는……."

"그렇지 않아! 니코니코 동화 중계에는 공개되지 않는 행사장 안내방송을 비롯해, 즐길 거리가 잔뜩 있거든?! 그러니까 다들 꼭 와줘!"

그러고 보니 올해도 행사장 안내방송 오퍼가 들어올까…….

만약 들어올 거면 미리 연락 줬으면 좋겠네……. 이 신작 SS의 오퍼보다 먼저 말이야.

"………으음~, 슬슬 나도 무슨 말이든 좀 하는 편이 좋을까?"

""""………아~.""""

……마지막 한 사람은 최근 들어 히로인으로 극도로 향상된 반동 때문인지 이런 상황에서 써먹기 힘들어진 탓에 여전히 존재감 없는 캐릭터 역할을 맡고 있는 단발소녀, 카토 메구미. 이렇게 네 명이서 진행하도록 하겠습니다.

※ ※ ※

"그럼 짤막한 단편인데도 2할 가량 진행된 후에야 겨우 등장한 나부터 첫 의견을 내놓을까 하는데……."

"그러니까 그런 다크한 코멘트로 자기 대사를 늘리지 말고 요점만 딱 말해줄래? 카토."

"결국 극장판은 현재 어느 정도나 만들어진 거야?"

"결국 중요한 건 그거야."

"결국 완성이 되었다면 우리가 이제 와서 무슨 말을 해봤자 의미 없어……. 아니, 이미 다 끝난 거야. 윤리 군, 그 점에 관해서 들은 바 없어?"

"……으음~, 어느 정도 듣기는 했는데, 그걸 이야기했다간 누구의 파트가 얼마나 진행되었고 누구 파트가 진행되지 않았는지 다 들통 나니까 함구해달라는 애니플렉스 측의 요청이 있었어요."

"……토모야. 방금 그 코멘트조차도 입에 담으면 안 되는 거 아냐?!"

※ ※ ※

어느 날, KADOKAWA 제3빌딩……이 아니라, 후시카와 서점 빌딩의 제2회의실(이 앞의 내용은 기억에서 지워주셨으면 합니다……).

"그럼 오늘 긴급 토론에서는 각본뿐만 아니라 플롯도 전혀 세워지지 않았다는 전제 하에, 여러분께서『자기가 생각하는 최강의 극장판』에 대해 이야기해주셨으면 합니다! 잘 부탁드립니다!"

평소와 마찬가지로, 쓸데없을 정도로 기운차게 말을 늘어놓는 교복 차림의 안경 쓴 남자의 시선이 향한 곳에는 과도한 열의로 가득 찬 눈빛을 지닌 여자와, 어이없다는 듯이 한숨을 내쉬는 여자와, 흥미 없다는 듯이 스마트폰을 만지작거리는 여자가 있었다.

"저기! 그럼 우선 나부터 할게!"

그 중에서 과도한 열의를 지닌 패배자…… 에리리가 손을 들었다.

"극장판은 TV애니메이션 제2기 종반의, 내 좌절과 부활에서 이어지는 내용이잖아? 그러니까 나의 리벤지 스토리로 꾸며나가야 마땅하다고 생각하지 않아?"

"……좌절 후에 부활한 건 우리들『blessing software』도 마찬가지라고."

"……게다가 우리가 좌절한 건 에리리와 카스미가오카 선배 탓이잖아."

"걱정하지 마! 너희 쪽의 좌절도 포함해 내가 혼자서 전부 리벤지한 후에 전원을 해피하게 해버리면 문제될 건 없잖아? 갓겜을 만들어서 코사카 아카네를 쓰러뜨린 후, 사업에서도 대성공을…….”

“그래서는 역시 너만 행복해질 것 같은 느낌이 드는데…….”

“그 후에는 말이야! 내가 모든 것을 거머쥐며 업계의 정점에 선 날로부터 5년 후…… 마을 한복판에서 우연히 토모야와 재회하면서 진정한 이야기가 시작되는 거야!”

『또 5년(c○da) 후냐……』, 『그거 에로게임(화○트 앨○2)아냐?』 같은 태클을 걸고 싶어지는 터무니없는 전개를 늘어놓으면서도, 에리리의 어조는 점점 열기를 머금었다.

“서클은 옛날 옛적에 해산했고, 메구미에게도 버림받은 데다, 하는 일마다 잘 안 되면서 인생의 쓴맛을 보고 있던 토모야……. 하지만 나와 재회를 하면서 운명의 수레바퀴는 다시 돌아가기 시작해.”

“저기, 그러면 너 말고는 다들 불행해지는 거잖아…….”

“게다가 완전히 자작극 사기…….”

“그리고 나는 아예 존재 자체가 지워졌잖아.”

“소꿉친구이자 운명으로 이어져 있는 두 사람…… 그런 오타쿠들의 15년 만의 리벤지가 드디어 시작되는 거야!”

“절대로 채용될 리가 없고 염치없는데다 마이너리티한 걸로 모자라 아무도 좋아하지 않을 아이디어를 용케 희희낙락거리며 늘어놓네. 진짜 드래곤매거진 신작 SS로 이용하기에 딱 좋은 캐릭터라니깐…….”

"마이너리티하지 않거든?! 인터넷에서 『시원그녀 극장판』으로 검색하면 내 해피엔딩을 예상하는 사람들이 잔뜩 나온단 말이야!"

"그런 정리 사이트의 자의적 글을 순순히 믿는 사람들의 말을 믿는 거야? 정말 멍청한 데도 정도라는 게 있거든?"

저기, 『극장판과 원작의 전개는 똑같지 않다』는 발언만 보고 이렇게 망상의 나래를 펼치는 에리리 팬 여러분의 뛰어난 상상력에는 항상 신선한 충격을 받고 있습니다. 극장판에도 에리리가 활약하는 부분이 들어가도록 노력할 테니 앞으로도 잘 부탁드립니다.

※ ※ ※

"잘 들어, 사와무라 양. 『자기가 생각하는 최강의 극장판』이란 건 말이지? 자신에게 유리하기만 한 전개를 말하는 게 아냐. 우리가 생각해야만 하는 건, 시청자가 가장 기뻐할 만한 전개잖아."

"우, 우타하 선배…… 어느새 어엿한 상업 작가가 다 되었네요……."

"으음~, 카스미가오카 선배는 아키 군과 만나기 전부터 상업 작가였다고 생각하는데 말이야."

하지만 상업 작가 중에는 자기가 쓰고 싶은 글만 쓰는데도 인기를 얻는 골치 아픈 천재도 존재하기에, 주의할 필요가 있다.

"뭐, 그런 소리를 늘어놓으면서도 결국은 평소처럼 『인기 넘버원인 내가 윤리 군과 러브러브러브러브~』 같은 소리나 하며 망상과 군침을 흘려댈 거잖아. 이 검정 스타킹 음○ 걸○야."

"으음~, 에리리? 그냥 대놓고 이야기하는 거나 별다를 게 없는 것 같지 않아?"

"뭐, 사와무라 양이 제시한 방향성으로도 유저가 만족하는 작품을 만들 수 있을 거야. 하지만 서클 활동에 초점을 맞춘 청춘 그래피티를 진지하게 그려보는 것도 재미있지 않을까?"

"뭐?"

"우, 우타하 선배……?"

"예를 들자면 말이야……. 나와 사와무라 양이 떠난 후에도 남은 멤버, 그리고 새로 들어온 멤버와 함께 신작 게임 제작에 힘쓰는 『blessing software』…… 하지만 역시 두 사람의 떠난 대미지는 컸기에 제작은 난항을 겪는 거야. 그 스트레스 탓에 멤버들의 관계도 서서히 나빠지는 거지……."

"역시 저는 행복해지지 못하는 거네요……."

"으음~, 결국 저는 또 아키 군과 다투는 건가요……."

"그리고 네가 바람처럼 나타나서 위기에 처한 서클을 구해준 후, 『구세주인 내가 윤리 군과 러브러브러브러브~』 하며(생략) 거잖아, 이 (생략)!"

"저기, 사와무라 양? 나는 말이지? 매번 그렇게 『나야말로 히로인』이라는 추한 태도를 드러내며 다툰 끝에 결국 히로인 레이스에서 뒤처지고 마는, 그런 드래곤매거진 신작 측에 있어 맛깔 나는 역할을 연기하는 건 관뒀어."

"우타하 선배, 드래곤매거진 신작에 무슨 원한이라도 있어요?"

"그래. 활약하는 건 어디까지나 서클 멤버들이야. 윤리 군, 카토 양, 그리고 효도 양과 하시마 남매. 함께 웃고, 함께 울며, 그리고 마지막에는 최고의 겨울 축제를 맞이하는…… 그런 왕도적이고, 감상적이며, 또한 실사화가 될 것 같은 이야기……."

"저기, 우타하 선배. 마지막 코멘트만은 제반사정 때문에 생략할게요."

"카스미가오카 우타하, 너……."

"나는 아주 조금만, 은근슬쩍 활약하면 돼……. 윤리 군의 등을 밀어줘서 그들이 앞으로 나아가도록, 우리의 뒤를 따를 수 있도록, 상냥히 지켜만 봐주면 되는 거야……. 사와무라 양, 어때? 우리의 역할은 그 정도면 충분하지 않을까?"

"……."

"……."

"……너, 왜 성불한 거야? 『사랑에 빠진 메트로놈』의 최종화가 그렇게 마음에 든 거야?"

"아아~, 그 코미컬라이즈는 정말 최고였어. 본편과는 전혀 다른 오리지널이었고, 이야기로서도 깔끔하게 결판이 났잖아. 그리고 무엇보다, 히로인이 최고였다니깐……."

"이…… 이이이이이이이이이이익~!!!"

"에, 에리리?"

"사와무라 양, 왜 그래? 자기 코미(생략)가 (생략)이었다고, 나한테 화를 내지 말아줄래? 원망할 거면(생략)."

"저기, 우타하 선배. 그 어른스럽지 못하게 놀려대는 역할도, 드래곤매거진 신작 측에 있어서는 맛깔 나는 역할일 것 같은데요……."

이야, 『사랑메트가 본편보다 재미있다』고 당당히 외치는 우타하 팬 여러분의 감정이입 레벨에는 항상 깊은 경외심을 느끼고 있습니다. 하지만 스핀오프는 본편이 있기에 존재하는 것인 만큼, 부디 극장판도 보러 와주시길 부탁드립니다.

※ ※ ※

"으, 으음~, 나도 한 마디 할게."

"안 돼."

"『내일도 평소와 같은 시간이면 돼?』 하고 알람 시각 확인

하는 발언 이외의 코멘트는 허락 못해."

"너무해~."

그리고 드디어 최후의 요새라고나 할까, 아니, 소거법적으로 온리원인 카토 메구미가 머뭇거리면서 손을 들었지만, 이미 퇴짜를 맞은 두 사람의 반대세력에게 평소처럼 쌀쌀맞게 묵살 당했다.

하지만…….

"저, 저기, 저기 말이죠? 이번 드래곤매거진의 표지를 보면 알 수 있겠지만, 일단 제가 표지를 장식하고 있거든요?"

"……카토?"

평소 같으면 그 「너무해~」라는 발언 후에 그대로 물러서며 스마트폰을 만지작거렸을 메인 히로인이 이번만큼은 순순히 물러서지 않았다.

아, 참고로 표지 일러스트 담당인 미사키 선생님의 코멘트에 따르면 이번 유카타는 카토 안의(야스노 키요노) 사람이 생일 이벤트에서 입었던 것이라고 하니, 팬 여러분은 꼭 체크해주셨으면 한다.

"그, 그리고 말이죠. 애초에 이번 드래곤매거진의 발매일(9월 23일) 사흘 후는 제 생일이기도 하니까, 조금은 띄워줘도……."

"카, 카토……?"

아니, 물러서지 않을 뿐만 아니라, 드래곤매거진의 신작 SS답게(끈질기게) 한 걸음 앞으로 내디뎠다.

하지만…….

“……무슨 소리를 하는 거야, 메구미. 9월 23일이 생일이라는 말을 듣고 사람들이 떠올리는 건, 리ㅇ로의 에ㅇ리아라고!”

“다른 작품, 그것도 넘버 투 히로인에게 밀리다니, 메인 히로인(시원찮은 그녀)도 이제 땅에 떨어졌나 보네.”

“그렇게 다른 작품(리제ㅇ)에 괜히 시비 걸지 말아줄래요?!”

역시 이 두 패배자도 절대 물러서지 않았다.

뭐, 괜한 트집을 잡은 시점에서 진 거나 다름없는 느낌도 들지만 말이다.

또한, 미리 위의 작품(리제ㅇ)의 원작자님(나가ㅇ키 씨)에게 허가를 받았으니, 안심해줬으면 한다.

“으, 으음, 으음…… 애초에 요즘 굿즈의 판매 동향을 봐도…….”

“무슨 소리를 하는 거야, 메구미! 아무리 요즘 들어 나와 카스미가오카 우타하의 인기가 시들해졌다고 해도, 우리 둘의 매상을 합치면 너한테 지지 않거든?!”

“맞아, 카토 양. 숫자로 이기고 싶으면 하시마 양과 노닥거리는 게 어때?”

“아앗, 아앗, 아아아아아~! 그만해, 그만해, 그만해, 그만해애애애앳~!”

아, 아카ㅇ키 씨, 결혼 축하드립니다.

"저, 저, 저기, 하지만 극장판이라고 해도 말이죠. 결국은 『시원찮은 그녀를 위한 육성방법』이잖아요. 그러니 이제까지와 마찬가지로 시원찮은 그녀가 메인 히로인을 목표로 하는 이야기로 나가는 것을 시청자 여러분도 가장 바라고 있지 않을까 싶은데……."

"메구미…… 너, 요즘 고집에 꽤 세졌다?"

"그래. 걸즈 사이드 3권 즈음부터 말이야."

"저기, 시간축을 헷갈리게 만들어놓고 이런 소리를 해서 정말 죄송한데 말이죠. 이 SS의 시점에서는 거기까지 이야기가 진행될 거라고는 생각도 못했다고요!"

요즘은 캐릭터들의 시간축을 맞추는 것만으로도 정말 힘들어서 정말…….

"잘 들어, 메구미. 이 작품이 판타지아 문고에서 발매된 당초에는 네가 메인 히로인이 될 거라고 기대한 독자가 전혀 눈곱만큼도 없었거든?"

"1권 표지가 사와무라 양, 2권 표지가 나였고, 그 후 2년 넘게 히로인 2강 시대가 이어졌다는 걸 설마 잊은 건 아니겠지? 뭐, 3권의 표지 히로인은 결국 마지막까지 치고 올라오지 못했지만 말이야."

"그러니까, 그러니까, 그러니까아아아아아아~!"

아○사키 씨, 진짜로 결혼 축하드립니다…….

"애초에 카토 양은 『메인 히로인으로서 빛난다』는 것이 어떤 건지 알고 있기는 한 거야?"

"메구미가 자기 입으로 말했다시피 너는 그림을 잘 그리지도 시나리오를 집필하지도 못하잖아. 그저 최선을 다하는 사람들을 옆에서 서포트 해왔을 뿐이야."

"그리고 서클에서 가장 최선을 다한 우리는 이제 서클에 없어."

"이 상황에서 네가 서클에서 활약하는 건 무리일걸……?"

"저기, 두 분? 내가 금방이라도 울음을 터뜨릴 것 같은 심정이라는 건 알고 있는 거야?"

"하지만 현재 서클에는 이즈미 양과 효도 양이 있으니까, 그 두 사람을 열심히 돕다보면 나도 활약할 기회가……."

"카토 양? 메인 히로인이 인기 순위 4위와 5위를 서포트하기나 하는 애니메이션이 과연 인기를 얻을 거라고 정말 생각해?"

"저기! 본편이 완결되어서 매상에 영향 가는 걸 고려 안 해도 된다지만, 말이 너무 심한 거 아냐?!"

※ ※ ※

그렇게 아무런 의미도 없는 격렬한 공방전이 한동안 이어지더니…… 네 사람은 말다툼에 지친 것처럼 한동안 아무 말 없이 허공을 쳐다보았다.

"……목말라."

"뇌가 지친 것 같네."

"커피라도 마시고 싶어~."

"내가 사오겠습다아아아아~!"

그리고 이 분위기를 견디다 못한 토모야는 세 사람이 오래간만에 입을 떼자마자 회의실에서 도망…… 아니, 마실 것을 사러 나갔다.

"……."

"……."

"……."

……하지만 사실은 회의실에 남은 세 사람이 토모야를 일부러 『쫓아내기로』 눈짓을 통해 합의한 절묘한 팀플레이를 펼친 것이다…….

"그럼 『주인공(토모야)』도 없어졌으니……."

"『메인 히로인으로서 빛난다』는 것의 정의에 관해 이야기 나눠보자, 카토 양."

"……저는 그냥 서클에서 활약하기만 해도 충분한데요?"

"잠꼬대 같은 소리 하지 마, 메구미. 그래가지고 메인 히로인을 맡을 수 있을 만큼 이 『시원찮은 그녀를 위한 육성방법』은 만만한 작품이 아냐."

"정확하게는 메인 히로인이 되기 위해서는 달콤 쌉싸름한 캐릭터가 되어야만 해…….”

“그 말은…….”

“노이타미나의 체면을 생각해 『청춘 그래피티』라는 캐치프레이즈를 붙이긴 했지만, 그건 후지TV를 속이기 위한 방편에 불과하다는 건 자명한 이치야…….”

“세간의 인식도, 프로모션 적으로도, 이 작품의 본질이 하렘 러브코미디라는 건 불을 보듯 뻔해…….”

“저기, 미안한데 말이야. 그렇게 딱 잘라 공언하는 건 여러모로 문제일 것 같은데, 어때?”

“메구미, 할 수 있겠어?”

“진짜로 부끄러워하지 않으며 끝까지 해낼 자신이 있는 거야?”

“대, 대체 뭘…….”

“…….”

“…….”

“……저기, 죄송한데 말이에요. 저 녹음기 좀 꺼주면 안 될까요?”

“역시 그렇게 나와야지!”

“카토 양. 오프 더 레코드라고는 해도 당신의 각오를 똑똑히 들어야겠어.”

……이리하여 이번 긴급 토론의 기록은 여기서 끝이 났다.

세 사람이 이번 토론회를 통해 어떤 각오를 다진 후에 극장판에 임했는지는 부디 극장에 직접 오셔서 두 눈으로 확인해줬으면 한다.

(끝)

※ ※ ※

※이하의 내용은 스위치를 끄는 것을 깜빡한 백업 녹음기의 음성에서 발췌한 내용이다.

"뭐어어어어~?! 메, 메구미! 너, 대체 어느새 그런 이야기를 할 수 있게 된 거야?!"

"애초에 본인 앞에서는 예전처럼 행동하면서, 본인이 없는 곳에서 이러는 건 너무 오만한 짓 아닐까?"

"하아~. 정말…… 말하라고 해서 말했을 뿐이니까 불평을 들은 이유는 없다고 생각하는데요……."

시원찮은 그녀가 돌이켜보는 방법(카토 메구미 편)

TV 시리즈 BD/DVD의 특전 SS들을 발췌한 『시원찮은 그녀를 위한 육성방법 FD2』의 발매에 맞춰, 각 히로인이 TV 시리즈 당시를 회고하는 것과 동시에 극장판에 대한 포부에 대해 살펴보는 기획입니다. 이번에는 명실공히 이 작품의 메인 히로인으로 우뚝 선 신데렐라 걸, 카토 메구미 양과 이야기를 나눠보겠습니다.

—우선 TV 시리즈 1기 『시원찮은 히로인을 위한 육성방법』에 관해 이야기를 나눌까 합니다. 제1기, 특히 초반에는 카토 메구미란 캐릭터를 『의도적으로 부각시키지 않는다』라고 하는 제작자 측의 의도가 존재했으며, 그 탓에 분량이 줄었다고 들었습니다. 그 부분에 대해 연기하는 입장에서 어떤 느낌을 받으셨죠?

카토 메구미(이하, 메구미): 으음~, 솔직하게 말해도 돼? ……되는 거지? 그럼 말할게. 당시에는 정말 대접이 너무했어. 감독님한테서 『가능한 한 감정을 드러내지 않으며 무표정하게 연기할 것』이란 지시를 받고, 열심히 연기를 했거든? 그런데 실제 방영분을 보니 얼굴이 잘려서 나오잖아. 그럼 무표정한 연기를 할 필요 자체가 없지 않아?

—아, 아하~. 하지만 그건 메인 히로인으로서 꽃피었을 때의 임팩트를 부각시키기 위해 일부러 갭을 만든다고 하는 스태프 측의 작전 아니었을까요?

메구미: 그 때문인지는 모르겠지만, 처음에는 메구미 역만 성우 이름도 발표하지 않았다가 방영 당일의 ED 크레디트에서 처음 선보인다는 아이디어도 있었나 봐. 하지만 그건 성우 분에 대한 학대로 여겨질 가능성이 있기 때문에 취소됐대.

—최종적으로 인기를 얻어서 정말 다행이네에~!

메구미: 그런 식으로 내 프로모션만 계속 미룬 탓에, 판촉 기획의 히로인 응원 점포수도 에리리와 카스미가오카 선배의 절반 정도밖에 안 됐지 뭐야.

—아니, 그 시점에는 원작에서도 인기 순위가 그랬잖아! 아직 원작 7권이 나오지 않았다고! 그러니 스태프 분들에게 모든 책임이 있는 건 아냐! 애초에 이건 연기자의 의견이라고 할 수 없지 않아?!

메구미: 참고로 나중에 애니플렉스 측에 당시의 일을 따졌더니, 「이야, 그건 메구미 응원점을 자처한 애니플렉스 플러스의 우위성을 유지하기 위한 작전……」 같은 영문 모를

변명을 늘어놓지 뭐야. 그건 다른 점포 분들에게 실례되는 짓 아닐까?

—죄송하지만 다음 질문으로 넘어가겠습니다! 그럼 다음은 2기 『시원찮은 그녀를 위한 육성방법♭』에 관한 질문입니다. 이번 작품은 카토 메구미의 인기가 폭발한 후의, 그러니까 만반의 준비를 끝낸 상황에서 나온 속편이죠. 진정한 의미에서 작품의 간판을 짊어진 메인 히로인이 되었으니, 전작 이상으로 부담을 느끼지 않았나요?

메구미: 으음~. 뭐, 2기 관련으로는 스태프 분들에게 불만은 없어. 나를 충분히 대우해주고 있을 뿐만 아니라, 성우의 표시 순서도 올라갔거든.

—주인공인 토모야와 단둘만 나오는 편도 있었고요. 메구미 관련으로 볼거리가 잔뜩 있었죠!

메구미: 아, 맞아. 스태프 분들에게는 불만이 없지만, 주인공에게는 하고 싶은 말이 많았던 2기였어.

—아, 이건 불평할 건수를 찾기 위한 인터뷰가 아닌데…….

메구미: 사실 2기의 토모야 군…… 아키 군은 1기에 비해 얼간이 기질이 강해진 것 같아. 예전의 아키 군은 섬세함과는 동떨어지기는 했어도, 상대방을 멋대로 휘둘러대면서도 타인의 속내를 전혀 눈치채지 못해서 『뭐, 아키 군이니까 어쩔 수 없지』 같은 생각이 들게 했는데…….

—방금 내가 한 코멘트 듣긴 한 거야?!

메구미: 뭐랄까, 쓸데없이 머리만 좋아진 느낌이랄까? 미묘하게 상대방의 심정을 헤아리게 되면서 자기 마음 때문에 방황하더니, 그런 것에 익숙하지 않아서 하는 짓마다 전부 역효과만 나는데……. 진짜, 옆에서 보고 있으면 화가 치솟는다니깐.

―아니, 너도 그냥 보고 있기만 한 건 아니잖아! 화내고, 투덜대고, 설교했잖아!

메구미: 당연하잖아. 당시의 아키 군이 얼마나 얼간이 같았는데……. 두 달 동안 사과하러 안 온 것도 모자라, 나를 그냥 내버려두기까지…….

―자, 자, 자, 잠깐만! 그건 이미 지나간 일이잖아! 너, 지금 8화 때와 똑같은 소리 하고 있거든?!

메구미: 8화는 반응이 좋았으니까 그래도 돼. 즉, 내가 아무리 아키 군에게 불평을 늘어놔도 작품에 전혀 문제가 없을 뿐만 아니라, 오히려 좋은 평가를 받는다는 거야.

―거 되게 뻔뻔하게 구네! 됐어! 제2기 이야기는 이걸로 끝! 다음으로 넘어갈래! 극장판 『시원찮은 그녀를 위한 육성방법 Fine』에 관해 이야기하자!

메구미: ……아~.

―드디어 정식 타이틀이 발표되면서 공개를 고대하는 분위기가 고조되고 있습니다만, 촬영 쪽은 순조로운가요?

메구미: 으음, 현재 진척 상황이 들통 날 코멘트는 하면

안 된다고 스태프 분이 말씀하셨거든요~.

—그럼 극장판에서 메구미가 맡은 역할과 매력에 관해 한 마디 부탁드립니다. 물론 스포일러가 되지 않는 범주에서 말이죠.

메구미: 역할과 매력……. 그게, 으음~, 으음~ 하아아아아~.

—잠깐만! 왜 우울한 태도를 취하는 거야?! 초기의 무덤덤한 태도보다 악화되었잖아! 너, 점점 유저가 원하는 카토 메구미의 모습과 동떨어지고 있거든?

메구미: 이건 전부 토모야 군 탓이야…….

—잠깐만, 왜 원망 섞인 눈길로 쳐다보는 건데?! 내 탓이라 말하고 싶은 거야? 아니, 방금 딱 잘라 그렇게 말했잖아!

메구미: 오히려 토모야 군의 태도가 예전과 똑같은 게, 정말……. 토모야 군 쪽은 이번에 연기하는 게 힘들지 않았던 거야?

—아, 아니, 그게…… 좋은 영화를 만들기 위해서는, 역할에 몰입할 수밖에 없잖아. 안 그래?

메구미: 그건 그렇지만…… 예전보다 더 심각한 상황인 것 같은데 말이야…… 하아아아~.

—으, 으음~, 슬슬 끝내는 편이 좋을 것 같으니 마지막 질문을 할게. 극장판을 기대하는 팬 여러분에게 한 마디 부탁드립니다.

메구미 : 멋대로 기대하라지 그래?

—아니, 너 말이야. 그런 태도는…….

메구미 : 내가 괴로워하면 할수록 기뻐하는 손님도 있을 테니까 말이야.

—으, 으음, 그게 무슨…….

메구미 : ……하아아아아아~.

—오늘 정말 감사했습니다~!

시원찮은 그녀가 돌이켜보는 방법
(사와무라 스펜서 에리리 편)

TV 시리즈 BD/DVD의 특전 SS들을 발췌한 『시원찮은 그녀를 위한 육성방법 FD2』의 발매에 맞춰, 각 히로인이 TV 시리즈 당시를 회고하는 것과 동시에 극장판에 대한 포부에 대해 살펴보는 기획입니다. 이번에는 주인공과 여러 인연으로 얽힌 소녀, 금발 트윈 테일 소꿉친구 히로인, 사와무라 스펜서 에리리 양과 이야기를 나눠보겠습니다.

—우선 TV 시리즈 1기 『시원찮은 히로인을 위한 육성방법』에 관해 이야기를 나눌까 합니다. 제1기의 사와무라 에리리 하면 가짜 상류층, 츤데레, 동인 건달, 로리리, 얼간이 등, 각양각색의 표정을 보여주었던 점이 인상에 남아 있습니다만…….

사와무라 스펜서 에리리(이하, 에리리): 토모야, 인터뷰 첫머리에서부터 제대로 한 방 먹이고 시작하지 말아줄래……?

—아니, 나는 현재 캐릭터가 아니라 일개 인터뷰어라는 설정이거든.

에리리: 인터뷰어라고 우길 거면 좀 더 무덤덤한 태도로 질문하란 말이야.

—그렇다면, 『아~, 응, 그래~』 같은 느낌으로 말이야?

에리리: 그쪽 방면의 무덤덤함이 아니거든?! 네가 인터뷰어답지 않게 선입관과 악의에 너무 점철되어 있다는 말이야! 잘 들어. 이 『시원찮은 그녀를 위한 육성방법』이란 작품의 원작에서 가장 먼저 표지를 장식한 사람도, 광디스크 매체 패키지에서 처음으로 단독 등장한 것도, 바로 나거든?

—확실히 네가 나오는 허그 베개 가장 먼저 만들어지기는 했어. 피규어는 우타하 선배에게 추월당했지만 말이야.

에리리: 그래. 즉, 원초의 히로인! 이 작품의 근간을 이루는 가장 중요한 캐릭터라 해도 과언이 아냐!

—맞는 말이야. 3화에서 카토에게 추월당하지만 말이야.

에리리: 게다가! 비주얼 적으로도 금발, 트윈 테일, 니삭스라는 모에 기호 덩어리와 운동복, 푸석푸석 머리, 촌스러운 안경이라는 엄청난 갭으로 모에를 가속시키는 치트 사양!

—그래. 그렇게 다양한 방향으로 몰아붙인 탓인지 팬 층이 너무 코어해져서, 호불호가 명확하게 갈리는 캐릭터가 됐지.

에리리: 게다가! 작품의 실권을 쥔 모 프로듀서(현, 모 사장)도 나를 가장 마음에 들어 한다고…….

—아~, 확실히 처음에는 그랬어. 하지만 끝난 후에는 어찌된 건지 최종회에만 등장한 란코로 갈아탔잖아.

에리리: 이, 이, 이 배신자아아아~! 너 때문에! 1기에서는 회를 거듭할수록 계속 추락하기만 했잖아~!

—……지금처럼, 네가 항상 멋대로 자멸한 탓이라는 생각도 드는데 말이야.

에리리: 아~, 이제 됐어! 1기는 없었던 일로 할래! 그럼 다음은 2기 『시원찮은 그녀를 위한 육성방법♭』에 관해 이야기하자!

—저기, 진행 담당은 나인데…… 뭐, 좋아. 그럼 2기에 대해 이야기하잖아. 이번 작품에서는 지금까지 코미디를 담당할 때가 많았던 에리리가 납기와 퀄리티 사이에 끼어서 갈등하거나, 병에 걸려서 쓰러지거나, 솔직해지거나, 슬럼프에 빠지거나, 크리에이터로서 각성하는 등 진지하면서도 이 이야기의 근간을 이루는 활약을 보입니다만…….

에리리: 그래, 그래! 바로 그거야! 주역은 나중에 등장해! 지금까지 진가를 감추고 있었던 진 히로인이 드디어 강림했어!

—뭐, 히로인이라기보다는 성공과 좌절과 노력을 거쳐 성장하는 주인공에 가까운 입장이었지만 말이야.

에리리: 게다가, 오랫동안 멀어져서 지냈던 소꿉친구와 드디어, 8년 만에 화해한 거잖아?

—아, 응. 그건…… 그래, 맞아. 뭐, 8화에서 보여준 카토의 임팩트에 완전히 먹혀버리지만 말이야.

에리리: ……너, 역시 나한테 하고 싶은 말이 아직 있는 거지?

—아, 아니, 그게, 『에이~ 그런 거 없어~』.

에리리: 메구미 흉내 내지 마! 하나도 비슷하지 않단 말이야! 너의 말끝에서 배어나오는 악의는 대체 뭐야?!

—어~, 그 이유를 말해야만 하는 거야?

에리리: 확실히 나는 8년 전에 너를 배신한 걸로 모자라 계속 무시했고, 자기 잘못을 인정하지 않은데다, 겨우겨우 사과하나 싶더니 석 달 후에 또 배신해버리지만…….

—너, 진짜 대단하네! 자기가 무슨 짓거리를 한 건지 정확하게 알고 있잖아!

에리리: 하지만 그건 2기 최종화에서 전부 없었던 일로 치부하며 넘어가기로 하잖아! 그 일을 가지고 이렇게 계속 갈구면, 나뿐만 아니라 오오니● 씨도 삐칠 거야!

—죄송합니다! 제발 그러지 마세요! 그럼 2기에 관한 이야기도 후딱 끝내고 본론에 들어가자! 그럼 이어서, 극장판 『시원찮은 그녀를 위한 육성방법 Fine』에 관해 이야기하죠!

에리리: 원작에서는 메구미 엔딩. 코미컬라이즈 『사랑에 빠진 메트로놈』에서는 카스미가오카 우타하 엔딩……. 게다가 이번 극장판은 원작자가 직접 『이미 2기 시점에서 원작과 내용이 달라졌다』고 밝혔어……. 그러니 이 극장판 『시원찮은 그녀를 위한 육성방법 Fine』에서는 나, 사와무라 스펜서 에리리 엔딩일 거라는 의견이 많은데…….

—처음에 말했지? 네 팬 층은 코어해서 쓸데없이 목소리

만 크다고 말이야.

에리리: 그렇다 해도! 이 업계에서는 그런 코어한 팬을 보듬어 안고 가는 상술도 충분히 먹혀! 안 그래?!

—그건 그래. 애초에 이 작품 자체가 그런 상술에 기반을 두고 있거든.

에리리: 그래! 즉, 나에게도 승기가 충분히 있어! 그리고 나는 이길 가능성이 제로가 아닌 한, 결코 포기하지 않아!

—에리리는 꽤 긍정적인 애가 됐구나……. 뭐, 예전부터 지기 싫어했지만 말이야.

에리리: 두고 봐, 토모야. 나는 절대 메인 히로인을 포기하지 않아. ……크리에이터로서의 성공도, 코사카 아카네와의 승부도! 그리고…… 지지 않을 거야.

—응, 알아……. 하지만 나도 너한테 질 수는 없어.

에리리: 그야, 주역이기 때문이잖아.

—응! 확실히 나는 1기에서도, 2기에서도, 아직 제대로 된 결과물을 내놓지 못했어……. 그러니 이 극장판은 신이 나에게 마지막으로 준 기회야.

에리리: 이번에야말로, 자기 힘으로 완성시키겠다는 거구나……. 네가 생각하는 최강의 미소녀 게임을 말이야.

—그래! 나도, 마지막만큼은 주인공답게 마무리하겠어! 너처럼, 절대 포기하지 않을 거야!

에리리: 서로가 질 수 없다는 거구나.

—그래. 이번에야말로, 주역을 양보하지 않겠어!

에리리: 후후…….

—아하하…….

에리리: 그럼, 주인공답게, 마지막에는 누구를 선택할 거야?

—오늘 정말 감사했습니다~!

시원찮은 그녀가 돌이켜보는 방법
(카스미가오카 우타하 편)

TV 시리즈 BD/DVD의 특전 SS들을 발췌한 『시원찮은 그녀를 위한 육성방법 FD2』의 발매에 맞춰, 각 히로인이 TV 시리즈 당시를 회고하는 것과 동시에 극장판에 대한 포부에 대해 살펴보는 기획입니다. 이번에는 주인공이 동경하는 존재, 흑발 롱헤어 검정 스타킹 연상 히로인, 카스미가오카 우타하 양과 이야기를 나눠보겠습니다.

—우선 TV 시리즈 1기 『시원찮은 히로인을 위한 육성방법』에 관해 이야기를 나눌까 합니다. 제1기의 카스미가오카 우타하하면 역시 뭐니뭐니해도…….

카스미가오카 우타하(이하, 우타하): 그 전에 물어볼 게 있어, 윤리 군.

—아, 저기 말이죠. 저는 현재 캐릭터가 아니라 일개 인터뷰어란 설정인데요.

우타하: 애초에 이런 인터뷰는 캐릭터가 아니라 카야…… 성우 분이 코멘트해야 하지 않을까?

—아~, 드래곤매거진이나 애니메이션 잡지 쪽과 겹치는 그런 기획은 통과되지 않을 테니까, 우리는 캐릭터를 이용해 이렇게 할 수밖에 없어요. 세상에는 캐릭터 코멘터리라는 것도 있기는 하잖아요?

우타하: 하지만 이건 성우의 의견이 아니라, 그저 원작자와 각본가의 혼잣말 같은 거잖아? 그래선 의견의 다양성과 멀어지며 획일적인 표현이 되어버릴 거야. 응. 예를 들어 히로인 역할의 성우 분이 「이 주인공이 정말 싫어」 하고 말해서 팬을 도발하는 것 같은 폭탄 발언이 원천봉쇄…….

—스태프와 제작회사를 놀리는 건 괜찮지만, 성우 분을 타깃으로 삼지는 말아줄래요?! 아무튼 본론으로 들어가자고요! 1기의 카스미가오카 우타하라면, 역시 애니메이션 6화 『두 사람의 밤의 선택길』이 생각납니다만…….

우타하: 아, 6화 말이구나……. 확실히 작화도, 연출도, 무엇보다 히로인의 매력도 포함해 1기 최고의 화라는 건 인정할게. 우타하의 결심, 흔들리는 심정 등 볼거리가 잔뜩 들어있었어.

—맞아요! 그때의 우타하 선배…… 어이쿠, 우타하 씨의 심정에 대해 의견을 여쭙고 싶습니다만…….

우타하: 하지만 인터넷에서 가장 확산된 건, 내가 스타킹을 신는 신의 gif 파일이었다는 게 정말……. 어머, 의도치 않게 카토 양의 말투를 흉내 냈네. 저작권 표기를 하는 편

이 좋을까? 하지만 따지고 보면 그 대사도 패러디…….

—전부! 전부 문제발언이잖아요! 그런 저작권적으로 아슬아슬한 발언 좀 자제해요!

우타하: 괜찮아. 어차피 매장 특전용 SS니까 걸릴 일 없어.

—하지만 이 매장 특전 SS는 언젠가 책에 실릴 예정이라고요!

우타하: 그런 약아빠진 짓거리가 마음에 안 드니까 일부러 방해하고 있다는 걸 왜 눈치채지 못하는 거야?!

—눈치챘어요! 편집부 측에서 전부 알면서도 일부러 무시하는 거예요! 그럼 다음 질문! 이어서 2기 『시원찮은 그녀를 위한 육성방법♭』에 관해 이야기를 나눌까 합니다. 이쪽에는 제1기 6화와 쌍벽을 이루는 제4화 『2박3일의 신규 루트』가 존재합니다만…….

우타하: 정말 최선을 다했어……. 울고, 잠들고, 다시 일어서고, 목욕하고, 또 울다, 결국은 알몸 와이셔츠까지…….

—으, 으음, 그때를 떠올리니 여러모로 위험한 감정이 샘솟으려고 하지만 이번에야말로 당시의 심정을…….

우타하: 노출까지 감행했는데, 본전도 못 건졌어.

—……으음~.

우타하: 몇 번이든 말하겠어. 진짜 본전도 못 건졌어. 알몸 목욕 신으로 시작해서 흰색 화이셔츠에 검은색 속옷이 비치는 페티시즘 묘사 후, 침대에서 앞섶을 벌리며 요염한

모습까지 선보였는데, 마지막의 흑발 롱헤어 카토 양한테 완전히 묻히고 말았잖아!

―잠깐만요! 딴죽 걸 곳이 너무 많을 뿐만 아니라, 다방면으로 시비를 걸고 있어서 아예 대처를 못하겠거든요?!

우타하: 그, 그 도둑고양이! 마치 1기 6화 때의 복수 같은 역전 끝내기 패배를 당한 탓에, 내 연약한 멘탈은 완전히 가루가 됐어!

―그 『도둑고양이』란 발언! 진심이 어려 있으니까 그만해요! 그리고 이렇게 강한 저주를 거는 사람은 멘탈이 약하지 않거든요?!

우타하: 게다가 그 후, 9화와 10화에서 펼쳐진 나와 사와무라 양의 이탈 이벤트…… 마치, 카토 양의 메인 히로인화를 억지로 밀어붙이기 위한 아무도 바라지 않는 억지 전개 느낌이 풀풀 났어!

―아니, 그 전개는 스토리상의 필연성이 넘쳐흘렀거든요?! 우타하 선배와 에리리가 크리에이터로서 성장하기 위한 필수 이벤트라고요!

우타하: 윤리 군, 아니, 주인공이 쫓아올 수 없는 경지까지 히로인이 올라가봤자 아무 의미가 없는걸! 그래선 주인공의 존재의의가 없어. 그냥 우리 둘이 주인공을 해도 되지 않을까?

―그 부분 관련으로는 극장판을 기대해주시길, 정도로 하

고 넘어가요! 그럼 다음으로 넘어가죠! 바로 그 극장판 『시원찮은 그녀를 위한 육성방법 Fine』에 관해서 이야기하자고요!

우타하: 극장판…….

—그래요, 극장판! 드디어 정식 타이틀도 발표되면서 공개를 고대하는 분위기가 고조되고 있습니다만 촬영은 순조롭게 진행되고 있나요?

우타하: ……후, 후, 후후후후훗.

—우, 우타하 선배……?

우타하: 길었어……. 정말, 길었어……. 이때가 오기만 기다렸어. 그래. 1기와 2기에서 연달아 패배를 한 것도 바로 세 번째에서 이기기 위해서야!

—어? 이겨요? 아, 저기, 그게 이상하다는 뜻으로 하는 말은 아니지만……. 서브 컬처 시장의 니즈 면에서 볼 때, 괜찮은 거예요?

우타하: 괜찮아. 2기의 ●● 전개 탓에 나를 떠난 팬들도, 이 극장판을 보면 분명 돌아오게 되어 있어……. 그래, 제2기 최종회 B파트에서 심어둔 플래그를 단숨에 회수하는 9회 말 투아웃 만루 상황에서의 역전 만루 홈런 엔딩을 다들 기다리고 있는 거야! 기대하고 있어라 나의 노예들아!

—어, 어라? 저기요. 우타하 선배가 들고 있는 대본을 확인을 해봐도 될까요?

우타하: 대본? 단순한 참고자료에 지나지 않는 이런 책자에 어떤 의미가 있어? 이 자리에는 사상 최강의 각본가이자 연출가, 연애의 마술사, 카스미 우타코가 있잖아?

—저, 저기~, 설마, 우타하 선배, 혹시 극장판의 전개에도 참견하려는 건…….

우타하: 후후후. 두고 봐, 윤리 군. 모 프로듀서(현, 모 사장)가 『극장판의 타이틀, 「시원찮은 그녀를 위한 육성방법 c○da」로 하죠』하고 (주변 사정을 전혀 알지도 못하면서) 아무렇지 않게 말한 의미를 톡톡히 맛보게 해줄게!

—그걸 여기서 이야기해도 돼요?! 드래곤매거진이나 다른 애니메이션 잡지를 위해 아껴둘 이야깃거리 아니에요?!

시원찮은 그녀(히로인)를 위한 육성방법

Memorial(메모리얼) 2

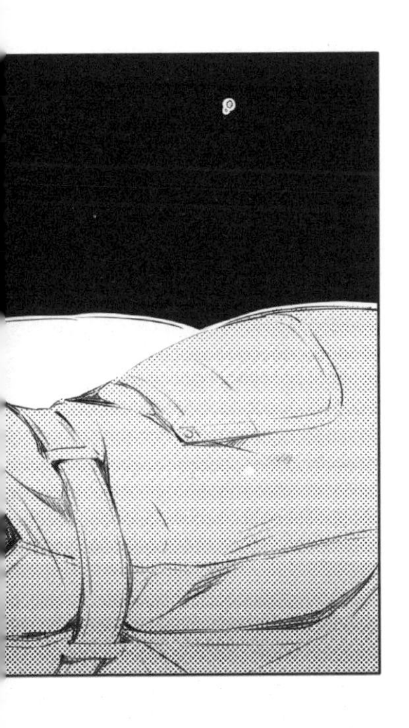

Chapter 3

캐스트 인터뷰

Cast Interview

Q1

「시원찮은 그녀를 위한 육성방법 Fine」에서 야스노 씨의 인상에 남았던 신 혹은 가장 좋아하는 신이 있다면 가르쳐 주세요.

극장판 Fine에는 제가 보고 싶었던 메구미의 표정이 잔뜩 담겨 있어서, 고르는 게 어려울 정도에요(웃음). 주고받는 대화의 재미가 인상적이었던 것은 역시, 아키 군과의 WEB 통화와 역 플랫폼의 벤치 신이었어요. 서로에게 끌리고 있다는 것을 확연하게 깨달은 후, 조금씩 거리를 좁히는 과정은 연기자로서 약간 겸연쩍으면서도 지금까지 쌓아온 것을 느낄 수 있어서 재미있었죠. 그것 말고는 역시 라스트의 피날레!

Q2

이틀에 걸친 애프터 리코딩에서 가장 힘들었던 건 어느 부분인가요?

애정을 자각해 무덤덤하지 못하게 된, 그리고 감정이 넘쳐흐르는 바람에 표정이 쉴 새 없이 변하는 메구미를 열심히 쫓아갔어요. 「이건 지금까지 ♭였던 몫!」하고 말하는 것처럼 감정 표현이 풍부해진 그녀는 엄청 귀엽고, 매력적이었죠. 그리고 지금까지 거의 보여주지 않던 약한 면이 어렴풋이 드러나는 것도 갑옷을 벗어던지고 속내를 드러내고 있구나, 사랑스러워하고 느껴졌어요. 그런 그녀의 마음을 조금이라도 더 표현하기 위해 노력했답니다.

야스노 키요노 Kiyono Yasuno
7월 9일생. 에이벡스 픽처즈 소속. 주요 대표작은 『스타☆트윙클 프리큐어』 큐어 솔레이유/아마미야 에레나 역, 『마크로스△』 카나메 카바니아 역 등.

[카토 메구미 역]

야스노 키요노

Kiyono Yasuno

INTERVIEW

Q3

극장판에서는 어른이 된 메구미가 그려졌습니다. 연기하면서 어떤 부분을 주의하셨죠?

어른이 된 메구미와 아키 군이 서로를 진심으로 신뢰하며, 버팀목이 되어주는 모습을 보여 주고 싶었어요. 그래서 이상적인 관계를 분위기로 드러내기 위해, 대화를 나눌 때 상냥한 분위기를 무엇보다 중요시 했죠. 그 결과, 어리광을 너무 받아 주는 건가? 하고 생각이 들기도 했지만, 이게 맞는 거라고 생각을 바꿨어요. 의외로 적극적인 메구미도 최고 아닐까요? 라스트에서는 서클 멤버들을 너무 좋아하는 메구미가 재회를 기뻐하는 마음을 가슴 가득 느끼며 연기했답니다.

Q4

마지막으로 『시원그녀』 팬 독자 여러분에게의 메시지를 부탁드립니다.

「시원찮은 그녀를 위한 육성방법」과 끝까지 함께 해 주셔서 진심으로 감사합니다. 여러분의 성원을 받으며 메구미를 끝까지 연기한 것이 정말 기뻐요. 극장판을 보신 독자 여러분의 가슴에는 어떤 감정이 존재할까요. 캐릭터들과 떨어지고 싶지 않다, 앞으로도 계속 보고 싶다 하고 생각해 주실지도 모르겠네요. 저도 같은 심정이에요. 그렇게 생각할 수 있는 작품을 만나게 되어 정말 기쁩니다. 이 행복하면서도 때로는 가슴이 찢어질 만큼 눈물 나는, 끝을 맞이한 나날이 담긴 이 이야기를 부디 잊지 말아 주세요. 몇 번이든, 다시 만나러 와 주세요. 원작에서 비롯된 텔레비전 시리즈, 그리고 극장판을 통해, 이 작품의 일부가 된 것. 메구미, 그리고 다른 이들과 함께한 나날은 제 평생의 보물이에요. 마루토 선생님, 미사키 선생님, 정말 수고 많으셨습니다!!

Q1

「시원찮은 그녀를 위한 육성방법 Fine」에서 오오니시 씨의 인상에 남았던 신 혹은 가장 좋아하는 신이 있다면 가르쳐 주세요.

멋진 신이 너무 많아서 고민이 되네요……. 에리리에게 있어서는 우타하의 품속에서 우는 신이 아닐까 해요. 정말 중요한 신이죠. 에리리로서는 『연애』에 있어 크게 한 걸음 내디딜 수밖에 없었던 신이에요. 사실 애프터 리코딩 이후에 따로 날을 잡아서 이 신의 녹음을 다시 했어요! 감독님과 세세한 부분까지 논의한 후에 다시 작업을 했죠. 그런 만큼 꼼꼼하게 살펴봐주셨으면 합니다.

Q2

이틀에 걸친 애프터 리코딩에서 가장 힘들었던 건 어느 부분인가요?

에리리의 중요한 신이 영화 후반에 집중되어 있어서, 이틀째 애프터 리코딩이 정말 힘들었어요……!! 이번에 에리리가 마음이 흔들리는 신이 많은데, 우는 신이 나올 때마다 제 멘탈이 박살났죠(웃음). 애니메이션 1기 때부터 생각하면 오랜 시간 동안 에리리와 함께 해온 만큼, 저도 자연스럽게 모든 걸 쏟아 부으며 애프터 리코딩을 했어요!

오오니시 사오리 Saori Onishi

8월 6일생. 아임 엔터프라이즈 소속. 주요 대표작은 『소드 오라토리아 던전에서 만남에서 만남을 추구하면 안 되는 걸까 외전』 아이즈 발렌슈타인 역, 『아이카츠 프렌즈!』 아리시아 샬롯 역 등.

[사와무라 스펜서 에리리 역]

INTERVIEW

오오니시 사오리

Saori Onishi

Q3

극장판에서는 어른이 된 에리리가 그려졌습니다. 연기하면서 어떤 부분을 주의하셨죠?

가장 신경을 쓴 건 카스미가오카 우타하와의 거리감이에요! 지금까지도 업무상 파트너로서 좋은 관계를 이어왔지만, 어른이 된 두 사람은 예전보다 더 완벽한 콤비가 되어 있었죠!! 서로를 이름으로 부르며, 완전 척하면 척하는 사이가 된 거예요. 저 또한 우타하와의 마음의 거리를 좁히며 연기했어요!!

Q4

마지막으로 『시원그녀』 팬 독자 여러분에게의 메시지를 부탁드립니다.

드디어 완결됐습니다……! 엄청 쓸쓸하기도 하지만 완결까지 제 목소리를 담을 수 있어 정말 기뻐요!! 그리고 영화에서는…… 캐릭터들의 훗날의 모습도 볼 수 있답니다! 부디 꼭 극장에 와서 봐주세요! 에리리를 연기한 오오니시였습니다! 이상입니다!

Q1

「시원찮은 그녀를 위한 육성방법 Fine」에서 카야노 씨의 인상에 남았던 신 혹은 가장 좋아하는 신이 있다면 가르쳐 주세요.

에리리와 우타하가 앞으로 나아갈 결의를 하는 신이요. 이번 극장판에서 우타하 선배는 어른스러운 장면이 많이 나왔지만, 원작을 읽어보시면 그 의연한 모습이 더욱 애절하게 느껴질지도 몰라요.

Q2

이틀에 걸친 애프터 리코딩에서 가장 힘들었던 건 어느 부분인가요?

장시간에 걸친 애프터 리코딩인 만큼 집중력이 떨어지지 않도록 서로를 격려하며 끝까지 버텼어요……!
등장인물들과 마찬가지로 녹음이 끝난 후에 스튜디오에서 건배를 했는데, 다들 달성감에 찬 환한 미소를 짓고 있었죠.
스태프 여러분을 비롯해, 이 멤버들과 함께였기에 이틀 동안 힘낼 수 있었다고 느꼈답니다.

카야노 아이 Ai Kayano
9월 13일생. 오사와 사무소 소속. 주요 대표작은 『그 날 본 꽃의 이름을 우리는 아직 모른다』 혼마 메이코 역, 『일반공격이 전체공격에 2회 공격은 엄마는 좋아하세요?』 오오스키 마마코 역 등.

[카스미가오카 우타하 역]

카야노 아이

Ai Kayano

Q3

극장판에서는 어른이 된 우타하가 그려졌습니다. 연기하면서 어떤 부분을 주의하셨죠?

설마 스태프롤 후에 우타하 선배의 망상 스토리가 펼쳐질 거라고는 다들 꿈에도 몰랐을 테죠(웃음)
어른이 된 우타하 선배도 변함없이 색기와 장난기를 지니고 있어서, 연기를 하며 즐거웠어요!
에리리와 호흡이 척척 맞는 신에서는 두 사람이 그 후로 쭉 서로의 버팀목이 되어 주며 절차탁마해온 시간이 느껴졌어요. 그래서 지금까지 이 역을 맡아 연기를 해서 정말 다행이야……! 같은 만족감을 느꼈습니다.

Q4

마지막으로 『시원그녀』 팬 독자 여러분에게의 메시지를 부탁드립니다.

이렇게 한 캐릭터를 끝까지 연기하는 건 매우 행복할 뿐만 아니라, 기적적인 일입니다.
지금까지 응원해 주신 여러분을 향한 감사의 마음을 담아 연기했으니, 그 마음을 받아 주신다면 정말 감사하겠습니다.
지금까지 정말 고마웠습니다!!

Q1

「시원찮은 그녀를 위한 육성방법 Fine」에서 아카사키 씨의 인상에 남았던 신 혹은 가장 좋아하는 신이 있다면 가르쳐 주세요.

메구미가 토모야에게 자신은 메인 히로인이 될 수 없다고 선언하는 신이 가장 인상에 남아 있어요. 서로의 마음도 이해는 되지만, 그래도 보고 있기만 해도 가슴이 아파오는 신이었죠.

Q2

이틀에 걸친 애프터 리코딩에서 가장 힘들었던 건 어느 부분인가요?

실제 녹음에서는 딱히 힘들지 않았지만, 상당히 장시간에 걸친 녹음이었기 때문에 과자의 유혹이 엄청났어요. 맛있어 보이는 간식들이 정말 찬란히 빛나는 것처럼 보였어요.

아카사키 치나츠 Chinatsu Akasaki

8월 10일생. 81 프로듀스 소속. 주요 대표작은 『내 여자친구와 소꿉친구가 완전 수라장』 하루사키 치와 역, 『중2병이라도 사랑이 하고 싶어!』 니부타니 신카 역 등.

INTERVIEW

[하시마 이즈미 역]

아카사카 치나츠

Chinatsu Akasaki

Q3 **극장판에서는 어른이 된 이즈미가 그려졌습니다. 연기하면서 어떤 부분을 주의하셨죠?**

극장판에서의 이즈미는 주위의 눈치를 살피며 적절히 분위기를 띠우는 면이 그려져서, 서클의 균형추로 성장하려나? 하고 느꼈어요. 그래서 어른이 되어도 후배다운 면이 남아 있으면서, 다른 이들의 관계가 원활하도록 노력하는 이즈미를 의식했죠. 뭐, 별것 아닌 일을 계기로 삐치는 면은 여전하지만요(웃음).

Q4 **마지막으로 『시원그녀』 팬 독자 여러분에게의 메시지를 부탁드립니다.**

이번 극장판은 세세한 부분까지 신경써서 만들어졌습니다.
화려한 액션 신이 있는 건 아니지만, 캐릭터들의 흔들리는 마음을 정성들여 그리고 있으니, 꼭 극장에 오셔서 시원그녀의 세계에 빠져들어 주세요!

Q1

「시원찮은 그녀를 위한 육성방법 Fine」에서 야하기 씨의 인상에 남았던 신 혹은 가장 좋아하는 신이 있다면 가르쳐 주세요.

메구미의 「합격이야」 신은 정말 좋았습니다. 야스노 양의 천사 보이스가 메구미의 귀여움을 최대한 이끌어 내서 존귀함 그 자체였어요.

Q2

이틀에 걸친 애프터 리코딩에서 가장 힘들었던 건 어느 부분인가요?

개인적으로는 졸음과의 사투였어요(웃음). 밤늦게까지 애프터 리코딩이 계속되어서 눈이 아플 정도였지만, 그 만큼 끝난 후의 달성감이 엄청났죠.

야하기 사유리 Sayuri Yahagi

9월 22일생. 아임 엔터프라이즈 소속. 주요 대표작은 『센류소녀』 카타기리 아마네 역, 『슈타인즈 게이트 제로』 히야조 마호 역 등.

[효도 미치루 역]

야하기 사유리

Sayuri Yahagi

INTERVIEW

Q3 **극장판에서는 어른이 된 미치루가 그려졌습니다. 연기하면서 어떤 부분을 주의하셨죠?**

학생 시절부터 어른이 될 때까지 계속 함께 한다는 건, 꽤 대단한 일이죠. 대사는 많지 않았지만, 오랫동안 함께 해온 분위기, 그리고 그 안에서도 변하지 않은 멤버들의 밸런스 등이 전해졌으면 좋겠다고 생각하며 연기했어요.

Q4 **마지막으로 『시원그녀』 팬 독자 여러분에게의 메시지를 부탁드립니다.**

시리즈의 마지막을 극장판에서 맞이할 수 있었던 것은 팬 여러분께서 응원해주신 덕분이라고 생각해요. 시원찮은 그녀의 라스트를 극장에 오셔서 지켜봐 주세요. 잘 부탁드립니다.

Q1

「시원찮은 그녀를 위한 육성방법 Fine」에서 마츠오카 씨의 인상에 남았던 신 혹은 가장 좋아하는 신이 있다면 가르쳐 주세요.

기본적으로 모든 신이 인상에 남았습니다만, 그 중에서도 메구미와의 대화 신은 정말 마음에 들었습니다. 전철을 기다리는 신에서는 특히, 토모야! 그 상황에서 그런 대화를 하면 안 된다고!! 하고 마음속으로 외칠 정도로 가슴이 아팠죠.
메구미의 마음도 충분히 이해가 되었어요. 하지만 토모야가 좀 자기중심적이라서, 애프터 리코딩 현장에 있던 여성분들도 이건 아니잖아(웃음) 하고 말할 정도였습니다(웃음).
하지만 그 정도로 엄청 감정이입할 수 있는 부분이었던 만큼, 토모야로서 최선을 다했다고 자부합니다.

Q2

이틀에 걸친 애프터 리코딩에서 가장 힘들었던 건 어느 부분인가요?

처음부터 끝까지 정말 힘들었습니다! 총 25시간정도 녹음한 것 같은데요, 대화의 세세함, 인상의 차이, 재녹음 횟수, 전부 예전과 비교하면 엄청났죠.
그렇기 때문에 엄청 좋은 작품이 완성됐다고 생각합니다. 제가 지금 할 수 있는 모든 것을 쏟아 부었으니, 보시는 분들도 만족해주셨으면 합니다!
다들 막바지에는 지칠 대로 지쳤지만, 기합과 집중력으로 버텨냈죠.

마츠오카 요시츠구 Yoshitsugu Matsuoka
9월 17일생. 아임 엔터프라이즈 소속. 주요 대표작은 『소드아트 온라인』 키리토 역, 『식극의 소마』 유키히라 소마 역 등.

[아키 토모야 역]

마츠오카 요시츠구

Yoshitsugu Matsuoka

INTERVIEW

Q3

극장판에서는 어른이 된 토모야가 그려졌습니다. 연기하면서 어떤 부분을 주의하셨죠?

어른이 된 신은 오히려 최종 도달 지점이었던 만큼 엄청 쉬웠다는 느낌이 듭니다. 엔딩의 「그것」을 제외하고요(웃음). 다들 어른이 되었다는 것이 구구절절하게 느껴졌습니다. 그리고 다들 이런저런 일이 있었지만 좋은 관계로 정착되었죠. 또한, 진정으로 시원그녀가 끝난다는 쓸쓸함이 단숨에 몰려 왔습니다. 하지만 엔딩은 정말 기분 좋았습니다. 토모야도 남자가 되었군요(웃음).
하지만 토모야! 너는 평생 메구미에게 잡혀 살아! 너를 위해서도 메구미를 위해서도 그편이 행복할 거다! 그리고 평생 행복하게 폭발 해버려!!

Q4

마지막으로 『시원그녀』 팬 독자 여러분에게의 메시지를 부탁드립니다.

성별에 따라 공감할 수 있는 부분과 공감할 수 없는 부분의 차이가 확연한 작품이라 생각합니다. 하지만 마지막에는 이 작품을 보기 잘했다, 시원그녀를 만나서 정말 다행이야 하는 느낌을 받으실 테니, 기대해 주십시오!
또한 이번은 진정한 의미에서의 최종편입니다. 모든 분들이 만족할 수 있는 시원그녀로 완성되었다고 생각하며, 몇 번을 보든 그때마다 가슴이 아프고, 그때마다 훈훈한 느낌을 받게 되는 영화입니다.
이 시원그녀라는 작품에 참여하게 되어 정말 다행이라 생각합니다!
시원그녀에 관여한 모든 분들의 혼신의 힘을 다한 작품입니다! 몇 번이든 즐겨주시기를 바랍니다!

Chapter 4

감독&
원작자 인터뷰

Creator Interview

Q1

극장판에서는 원작의 2부에 해당하는 부분이 영상으로 만들어졌습니다. 카메이 씨가 중요하게 생각하는 부분이나 하이라이트 신이 있다면 알려주시겠습니까?

토모야와 메구미, 에리리와 우타하, 이 두 라인의 감정 기복입니다.
큰 흐름은 원작과 동일합니다만, 영화라는 틀에 맞도록 마루토 씨가 재구축하는 과정에서 탄생한 대사가 정말 멋지기에, 연기 및 표정에도 정성을 들여 만들었습니다.

Q2

극장판 제작에 있어, 원작자인 마루토 씨, 미사키 씨로부터 요청 받으신 부분이 있습니까?

미사키 씨로부터는 텔레비전 시리즈 때부터 계속 함께 해오며 신뢰를 쌓은 만큼, 「잘 부탁드립니다」 같은 말만 들었습니다.
마루토 씨로부터는…… 시리즈 때조차도 「스타킹의 묘사에 관해 드릴 말씀이 있습니다」 뿐이었던 것 같은 기억이 드는 군요…….
그림 콘티를 체크할 때, 연기에 관한 조언을 받았습니다.

카메이 칸타 Kanta Kamei
애니메이션 감독, 애니메이터. 애니메이션 『시원찮은 그녀를 위한 육성방법』 시리즈에서는 감독을 맡았으며, 극장판 『시원찮은 그녀를 위한 육성방법 Fine』에서는 총감독을 맡았다.

[애니메이션 감독]

카메이 칸타

Kanta Kamei

INTERVIEW

Q3 이번 작품에서는 총감독이라는 입장에서 현장을 지휘하셨습니다만, 극장판의 감독인 시바타 씨에게 그림 콘티 및 연출을 요청하시면서 따로 부탁한 것이 있나요?

이건 제 자신의 지표이기도 합니다만, 극장 작품만이 가능한 표현방법 등을 구상해줄 것, 여자애를 매력적으로 그리는 작품일 것.
그리고 그것을 위한 화면 구성 등을 신경 쓸 것.
즉, 시리즈 전체의 흐름에 부합되는 페티시즘 넘치는 작품을 만들어달라고 부탁했습니다.
이번에는 진지한 장면이 많아서 서로가 고생했지만 말이죠.
연출에 관해서는 서로를 충분히 신뢰하며 부탁하고 있기에 일임했습니다.

Q4 스태프롤 후, 어른이 된 캐릭터들의 모습이 그려집니다. 카메이 씨는 그림 콘티 및 연출을 담당하고 계십니다만, 어떤 부분을 신경쓰셨죠?

「메구미는 행복해졌으니 됐어요. 에리리와 우타하의 행복한 미래를 보고 싶어요!」라고 어떤 높으신 분께서 말씀하셨기에, 두 사람 다 즐거운 인생을 살고 있다는 느낌이 들도록 그려봤습니다.
참고로 원작에서는 에리리와 우타하가 서로를 이름으로 부르는 신이 있습니다. 마루토 씨에게 각본에 넣어줬으면 한다고 부탁드렸더니, 이 신에 들어갔죠. 두 사람이 서로를 이름으로 부르는 것이 당연한 것 같은 분위기가 나도록 만들었습니다.

INTERVIEW

애착이 듬뿍 담겨 있는 토모야와 메구미의 키스 신

「시원찮은 그녀를 위한 육성방법 Fine」에서 주목해줬으면 하는 신, 그리고 애착이 가는 신을 알려 주십시오.

원작 소설의 8권, 9권, GS 2에는 다양한 에피소드가 섞여 있지만, 배경이 되고 있는 건 「메구미와 에리리의 화해」였습니다. 그 부분은 애니메이션 2기인 ♭의 최종화에서 다뤄지기 때문에 극장판에서는 빠졌습니다. 그리고 9권의 에리리 에피소드가 빠진 상황에서 10권의 우타하 에피소드만 넣을 수도 없기에, 그 부분도 뺐습니다. 원작 소설에서 2부가 시작되고 본격적으로 이야기를 클라이맥스로 끌고 가자고 생각한 것은 11권부터였습니다. 그러니 이번 극장판은 ♭ 이후에 존재하는 이야기의 실마리를 제공하는 에피소드는 전부 생략하고, 클라이맥스부터 시작하려고 여러모로 의식했습니다. 그래서 GS 2의 최종장에 해당하는 미치루의 라이브 신부터 시작된 거죠.

극장판에서 특히 애착이 가는 신은 어느 부분인가요?

극장판을 본 이들이 감상을 이야기하려고 할 때, 약간 머뭇거리게 되는 부분이 있을 겁니다. 하지만 가장 애착이 가는 신을 꼽자면, 역시 그 머뭇거리게 되는 부분입니다. 바로 토모야와 메구미의 키스 신이죠. 그 키스 신은 원작

13권의 1장에서 나옵니다. 다른 소설이라면 그 1장에서 끝이 났겠죠. 스토리 적으로는 말이에요. 원작에서는 애정행각을 한 후에 키스를 하는 데까지 30페이지나 걸렸지만요(웃음). 그것을 극장판에서 재현하려 한다면 10분 정도는 걸리니 안 되겠더군요. 그런 시간적 제약이 있는 것을 알고 있기에 어떻게 하면 좋을지 생각하고 있을 때, 카메이 칸타 총감독으로부터 제안을 하나 받았습니다. 원작에서는 그 날에 한 번 더 키스를 했다는 두 줄짜리 묘사가 있죠? 한번은 토모야가, 그리고 다른 한번은 메구미가 키스를 한 것으로 되어 있습니다. 그「메구미 쪽에서 한 키스」부분은 꼭 넣어줬으면 한다는 오퍼였습니다. 그 부분도 포함해서 어떻게 표현하면 좋을지 고심한 끝에 그런 신이 완성된 겁니다. 그러니 그 신에서는 세 번이나 키스를 하지만, 토모야가 참 안 해본 티를 팍팍 내죠(웃음).

키스한 후에 엄청 당황했죠.

애초에 바로 키스를 하지도 못했어요. 메구미는 완전히 오케이였는데 말이에요. 토모야가 상대방의 호의를 믿지 못한다는 점이 그 신에서도 표현되고, 그래서 엄청난 실수를 범하고 말죠. 하지만 그렇게 실패를 하는 부분도 포함해, 매우 신경 써서 썼습니다.

마지막 키스의「하나~ 둘~」하고 말하는 부분도 끝내줬습니다.

「하나~ 둘~」부분에 대해 카메이 총감독은 좀 꼴사납다는 의견을 내놨지만, 당신은 동정이 어떤 건지 모르는 군요, 하고 말해줬습니다(웃음).

동정 느낌이 풀풀 나는 사람일수록, 그 신이 구구절절하게 느껴질 겁니다. 아, 진짜로 동정이냐 아니냐를 떠나서, 마음속에 동정을 품고 있는 사람이라면 그 부분이 확 와 닿을 겁니다.

역 플랫폼에서 연인처럼 손잡는 신도 대단했죠.

그 신은 진짜 야하게 표현됐죠. 하지만 거기는 일부러 그렇게 만들자고 스태프에게 설명을 했습니다. 그러자, 카메이 총감독이 일부러 그 자리에서 콘티까지 그렸죠(웃음). 영화에서 진짜 이렇게까지 해도 되나 싶은 부분도 있는 만큼, 그런 의미에서 본다면 이 영화는 「깨끗한 영화」라고는 할 수 없을 거라고 생각합니다.

확실히 생생했습니다. 손을 잡는 신도, 키스 신도, 스카이프로 대화하는 신도요.

어쩌면 팬이 그 부분에 거부반응을 보일 가능성도 있다고 생각했습니다. 이 인터뷰 시점에서는 아직 영화가 공개되지 않았습니다만, 실제로 공개가 되었을 때 어떤 반응이 나올지 모르기에 승부수를 던진 느낌이죠. 팬 여러분이 그냥 넘어가지는 않을 거라고 생각하지만요. 원작을 읽어주신 팬에게 있어서는 기다리고 있었습니다! 하고 외칠 만한 신일지도 모르지만, 애니메이션을 통해 유입된…… 그것도 중학생 정도의 아이가 그것을 보고 과연 어떤 생각을 할까요?

사춘기에 눈뜰지도 모르겠군요. ……이 인터뷰도 괜찮으려나요(웃음)?

그래도 영화에는 연령 제한이 없으니까요. 옛날에 에로 게임을 컨슈머 이식하면서 단련한 실력이 있고요…… 뭐, 저한테는 없지만 말이에요(웃음). 이식에는 관여하지 않거든요.

게다가 그렇게 애정행각을 벌였던 장소에서, 한동안 서클 활동과 거리를 두겠다는 이야기를 한다는 것도 안타깝군요.

예. 게다가 영화 안에서는 겨우 10분밖에 지나지 않았죠(웃음). 그 신도 걱정이 되네요. 정신 나간 거냐, 토모야! 하고 생각하는 분도 분명 있을 겁니다. 저도 토모야가 미움 받지 않도록 계속 신경 써왔습니다만, 쉽지가 않군요. 토모야는 제어가 어려운 성격이니까요.

스태프롤 후의 충격 에피소드 팬의 리액션이 고대된다

이 극장판을 통해 원작뿐만 아니라 애니메이션도 완결을 맞이합니다만, 지금의 심정을 말씀해 주십시오.

인터뷰를 하고 있는 지금은 아직 공개 전이기 때문에, 매우 가슴을 졸이고 있습니다. 이 작품은 독자의 리액션을 의식하면서 만든 작품이니까요. 내 마음 대로 만들었으니 결과 따위는 알 바 아냐, 하며 만든 작품이 아닌 만큼, 독자 여러분께서 좋게 생각하기를 바라며 최선을 다했습니다. 지금까지는 독자의 반응을 다음 권에서 피드백 해왔습니다만, 마지막만큼은 어느 정도 틀에 잡힌 형태로 내놓을 수밖에 없죠. 여기까지 왔으면, 이제 팬 여러분들이 저를 믿고 따라오시는지에 달려 있습니다. 원작을 끝

INTERVIEW

까지 읽어주신 팬 분들은 혹시 주위에 난동을 피우는 사람이 있다면 힘을 합쳐 말려주세요(웃음)! 좋은 분위기를 만들어 달라고 부탁드리고 싶군요. 그러니, 이 극장판의 반응이 나오면서 최종적인 평가가 이뤄지면, 그제야 드디어 끝났다는 것을 실감할 수 있을 거라고 생각합니다.

극장판의 각본 작업은 텔레비전 시리즈에 비해 어떠셨나요?

상영 시간이 1시간 55분, 이것은 텔레비전 애니메이션의 여섯 편 정도 됩니다. 그래서 대본 리딩도 여섯 번에 걸쳐 했습니다. 각본도 약 20분 분량으로 나뉘어 있었기에, 작업 자체는 텔레비전 애니메이션과 크게 다르지 않았다고 생각합니다. 다른 점이 있다면 각화별로 끝맺음을 할 필요가 없다는 것이었습니다. 하지만 기본적으로는 텔레비전 애니메이션 여섯 편을 만드는 느낌이었습니다.

확실히, 이번 극장판은 스토리 적으로도 텔레비전 판에서 이어지는 느낌이었죠.

최강의 적 캐릭터가 나오는 것도 아니고, 극장판용 게스트 캐릭터도 안 나오니까요. ……한 명도 안 나오는 것도 좀 그렇다는 생각이 들지만요(웃음). 이 극장판은 진짜로 새로운 캐릭터가 한 명도 안 나옵니다. 또한, 대본 리딩에 참가한 제작 스태프도 텔레비전 애니메이션과 거의 동일했죠. 로케이션 쪽은 좀 새로운 곳도 있지만, 기본적으로는 실내였고요. 극장판이라고 해서 딱히 부담을 가지는 않았습니다.

엔딩 후의 서프라이즈(어른이 된 캐릭터들의 이야기)는 누구의 아이디어인가요? 그리고 그 부분의 각본을 쓰면서 고생하신 부분은 없나요?

그건 프로듀서인 카시다 신이치로 씨의 아이디어입니다. 역시 원작소설의 내용을 그대로 옮기기만 해선 원작소설을 읽은 분들이 식상할지도 모른다더군요. 그러니 원작을 읽은 분들도 즐길 수 있는 요소를 꼭 넣었으면 한다는 말을 들었습니다. 그것이 영화의 매상에 직결될 테니까요. 하지만, 어른이 된 캐릭터들의 신을 10분 분량으로 한 것은 제 억지였습니다. 게다가 망상 파트도 있었죠(웃음). 실은 몇 초로 괜찮다, 그림 한 장이면 된다, 같은 말을 들었지만, 기왕 할 거면 몇 년 후에 그들이 무엇을 하고 있는지 전부 보여주고 싶더군요. 상상의 여지를 남기지 않는다는 점이 영화답지 않을지도 모르지만 말이죠. 게다가 이 작품은 여운이 없어요. 전부 보여주니까요. 그런 의미에서 보자면, 이 작품이 영화가 아니라고 생각해도 괜찮지 않을까 싶군요. OVA 시리즈 전 6화 작품 같은 느낌으로 보는 거죠.

스태프롤 이후의 그 전개는 처음 본 사람들에게 상당한 충격이었을 거라고 생각합니다.

공개 첫날의 첫 상영회에서 팬 여러분과 같이 보고 싶군요. 하지만 그 전에 최초 상영이 있으니, 한밤중에 트위터에 어떤 글이 올라올지……. 분명 스포일러는 올라오지 않겠지만, 스태프롤이 끝날 때까지 자리를 떠나지 마라, 같은 글은 올라올 거라고 생각합니다. 2회차 이후에는 마음의 준비를 하고 볼 수 있을 거라고 생각합니다만, 처음에는 충격이 어마어마할 것 같군요.

게다가, 망상이라는 걸 알 때까지가 정말…….

길죠. 길 뿐만 아니라, 남 일처럼 느껴지지 않을 정도의 현실감이 정말(웃음). 팬 여러분도 어떤 리액션을 보이면 좋을지 모르겠다는 생각이 들 겁니다. 극장 안이 술렁거린다면 좋겠네요. 하지만 놀라더라도 극장에서 팬 여러분이 리액션을 보여줄지, 아니면 너무 놀란 나머지 다들 얼이 나간 채 지켜보기만 할지, 그걸 알 수 없군요. 이번 극장판의 종반부는 웃을 수 있는 분위기가 아니니까요. 그러니 첫 관람 때는 그 부분에서 목소리를 내도 될지, 웃어도 될지, 입 다물고 있어야 할지 모를 거라고 생각합니다. 어떤 식의 혼란이 벌어질지 벌써부터 고대되는 군요.

미사키 쿠레히토 씨는 어른이 되면서 몰락해버린 이오리를 꽤 즐겁게 그렸다고 하셨습니다.

그 신은 꽤 늦은 시간에 녹음했죠. 작업 막바지라 성우 분들도 다들 지쳐 있는데 이제부터 C파트 녹음을 시작하겠습니다, 라는 악랄한 목소리가 들렸어요. 이오리 역을 맡은 카키하라 테츠야 씨는 미리 녹음을 마쳐서 그 대사를 하면서 녹음할게요~ 하고 성우 분들에게 말했죠. 그리고 이오리의 대사가 나온 순간, 성우 분들이 하나같이 깔깔 웃는 거예요(웃음). 한밤중이라 다들 텐션이 폭주하기 시작했던 거죠. 그 순간의 현장 분위기는 최고였습니다.

「시원그녀」는 소설도, 애니메이션도, 모든 미디어가 하나의 원작

이번 「Memorial2」 신작 에피소드는 어떤 마음(콘셉트)으로 집필하셨나요?

고생했습니다. 극장판 특전인 소설을 일곱 편 쓸 때만 해도 이 신작은 고려조차 하지 않았죠. 어떻게 할지 고민했는데, 판타지아 문고 측으로부터 모든 캐릭터를 등장시켜달라는 의뢰를 받았습니다. 전원이 난리법석인 분위기를 원하는 것 같아, 그럼 상업화 직전이 적당할 거라고 생각했습니다. 그래서 이 신작과 극장판 특전 소설의 5화는 한 쌍이라 할 수 있죠. 그리고 시간축으로는 특전 소설 2화에 나온 메구미와 에리리의 성인식 직전의 이야기이기도 하죠. 토모야 일행이 blessing software로서, 이제부터 상업에서 최선을 다하자는 계기가 되는 이야기를 써봤습니다.

신작 에피소드는 「필즈 크로니클 X Ⅲ」에서 삭제된 캐릭터를 팬디스크에서 부활시킨다는 이야기입니다만…….

극장판 안에서도 캐릭터의 이름을 언급하며, 이 캐릭터를 뺀다는 이야기를 나눕니다. 게다가 그때는 나중에 팬디스크라도 내서 이 두 캐릭터를 부활시킨다는 이야기도 하니, 그럼 부활시켜보자고 한 거죠. 그리고 부활시킬 거라면, 에리리와 우타하가 아니라 토모야 일행이 부활시키자는 에피소드가 됐습니다. 실제로 어느 게임이 인기를 얻어서 팬디스크를 내게 될 때, 오리지널 스태프가 이미 전원 퇴사했다는 사태가 벌어졌어요(웃음). 나중에 다시 읽어보니, 이번에 쓴 신작은 「시원그녀」 초기에 나왔던 업계 이야기와도 연관이 있어서 왠지 1권 시절 같은 느낌이 들더군요. 좀 부끄럽기는 했지만, 옛날로 돌아간 것 같은 분위기도 느껴졌습니다.

지난번 「Memorial」의 인터뷰에서는 가장 좋아하는 캐릭터가 미치루라고 하셨는데 극장판을 제작하면서 생각이 변하셨나요?

미치루는 여전히 좋아합니다만 극장판, 아니, 원작을 계속 쓰다 보니 메구미를 좋아할 수밖에 없게 되었다고나 할까요. 그런 심경의 변화가 제 내면에서 명확하게 일어났습니다.

극장판에서는 코사카 아카네의 비중도 꽤 컸다고 생각합니다만…….

원작에서 나왔던 코사카 아카네의 신이 대부분 극장판에서도 나왔죠. 하지만 토모야에게 그녀가 조언을 해주는 부분은 원작과 좀 다릅니다. 원작의 코사카 아카네는 네가 슬럼프에 빠진 건 능숙해졌기 때문이라고 말합니다. 능숙해졌기 때문에 벽에 부딪치는 건 누구에게도 일어나는 일이며, 그것이 성장이라고 말하죠. 하지만 극장판에서는 네가 괜히 성장한 탓에 무미건조해지고 말았으니, 좀 더 혐오스럽게 가라고 이야기합니다. 어드바이스가 약간 바뀐 거죠. 이것은 양쪽 다 정답이지만, 원작에서는 코사카 아카네에게 시나리오를 보여주기 전에 에리리 시나리오와 우타하 시나리오를 쓰는 신이 잔뜩 있습니다. 그것을 통해 토모야가 시나리오 집필에 능숙해졌다는 점에 대해 어드바이스를 하는 거죠. 하지만 극장판은 게임을 만드는 부분의 묘사가 빠져 있기 때문에 충고를 하는 포인트가 바뀐 겁니다. 그러니 원작과 비교하면서, 좀 달라졌네? 하고 생각하는 분도 있을지 모릅니다. 하지만 변명을 하자면, 양쪽 다 정답이에요. 작가인 제 말이니 틀림없어요(웃음)!

괜히 익숙해질 바에야, 앞만 보며 냅다 달리는 편이 낫다는 거군요.

하지만 익숙해진다고나 할까, 어느 정도 스킬이 쌓이면 벽에 부딪치는 건 사실이에요. 그것을 어떻게 극복할 것인가……. 결국, 본인에게 달린 문제죠.

다른 캐릭터에 관해서는…….

그 외에는 icy tail의 분량이 왕창 잘려나갔죠(웃음). 각본을 쓰다 보니 분량이 계속 늘어나서 문제더군요. 아무리 길어져도 극장판의 분량은 2시간 이내로 해 줬으면 한다는 말을 들었죠. 하지만 페이지 분량으로는 이 정도면 괜찮지 않느냐고 말했더니, 전부 대사잖아! 라는 말을 들었습니다(웃음). 사실 애니메이션을 만드는 측으로서는 대사와 대사 사이의 연출 등에도 힘쓰고 싶었을 테죠. 하지만 대사가 너무 많아서 그럴 수 없다는 점 때문에 카메이 총감독님, 그리고 시바타 아키히사 감독님도 딜레마를 느꼈을 거라 생각합니다.

그럼 당초의 각본은 더 길었던 건가요?

프롤로그의 불고기 신만해도 20분가량 되었으니까요. 이러면 질릴 거라는 말을 들었죠(웃음). 하지만 「시원그녀」는 기본적으로 그런 소소한 소재도 전부 활용합니다. 이 작품은 원작에서 가져온 이런 파트가 많은데, 대사가 빨라지기는 해도 이런 부분을 빼지 않죠. 저로서는 그 점이 정말 기뻤으며, 대단한 제작 현장이라고 생각했습니다.

카페 점원처럼 텔레비전 판에서 나왔던 엑스트라 캐릭터도 극장판에 나왔죠.

그 엑스트라 캐릭터들에게도 어엿한 스토리가 있으니까요. 카메이 씨가 만든 엑스트라 캐릭터들은 텔레비전 시리즈 1기와 2기, 그리고 극장판에서 전부 등장했죠. 카메이 씨는 그런 부분에 집착해요. 왜 그렇게까지 하는 건지 저는 이해가 안 되지만요(웃음). 하지만 이건 스태프가 텔레비전 시리즈와 전혀 달라지지 않았기에 가능한 거겠죠. ……으음, 원래 무슨 이야기를 하고 있었죠?

좋아하는 캐릭터에 관해서…… 였습니다(웃음).

지금 가장 좋아하는 캐릭터는 진짜로 메구미예요. 그렇기 때문에 이번에 집요할 정도로 집필을 한 거죠. 하지만 너무 애착을 가졌다간 유저 분이 바라는 메구미에서 멀어질지도 모른다는 리스크도 느껴졌습니다. 그래서 이런 메구미도 괜찮은지 스태프에게 몇 번이나 확인을 요청하며 작업을 했죠.

혹시 「시원그녀」 관련으로 자유롭게 뭔가를 할 수 있다면 하고 싶은 일, 혹은 누군가가 해줬으면 하는 일이 있나요?

이제부터 에로게임화를 하는 건 체력적으로 무리군요(웃음). 「시원그녀」 관련으로는 정말 할 수 있는 걸 전부 다 했다고 생각해요. 최선을 다했습니다.

미사키 쿠레히토 씨는 앞으로 화집을 내실 예정이며, 거기서 에리리를 행복하게 해주고 싶다는 말씀을 하셨습니다.

에리리에게는 참 안타까운 짓을 했죠. 타이밍이 좀 어긋났다고나 할까…… 운이랄까, 인연 같은 게 말이에요. 에리리 역의 오오니시 사오리 씨에게 사과해주세요. 그래도 이런 건 저희도 제어할 수가 없어요. 하지만 괜찮아요. 에리리는 극장판 특전 소설에서도 성장했으니까요. 멋진 여자가 됐어요.

마지막으로 「시원그녀」 팬인 독자에게 메시지를 부탁드립니다.

정말 감사하는 말을 하고 싶군요. 이건 옛날부터 미사키 씨에게도 했던 말입니다만 애니메이션도, 만화도, 원작 소설과 별개로 구분하지 않아요. 전부 원작이죠. 모든 미디어가 복잡하게 뒤엉키고 있으니, 「시원그녀」의 모든 것을 맛보고 싶다면 그 전부를 즐기는 것이 옳을 겁니다. 그리고 그렇게 해주시면 저 또한 기쁠 겁니다. 그러니 이번 극장판도, 텔레비전 시리즈 및 원작 소설과 함께 즐겨주셨으면 합니다.

정말 감사합니다.

INTERVIEW

미사키 쿠레히토

Kurehito Misaki
(Illustrator)

많은 팬들이 놀랐던
어른이 된 토모야 일행의 탄생비화

극장판 「시원찮은 그녀를 위한 육성방법 Fine」가 완성되어 무사히 공개되었습니다만, 지금 심정이 어떠신가요?

한숨 돌렸다는 것이 솔직한 심정입니다. 그리고 지쳤다는 생각도 드는 군요. 요즘 병에 걸려 체력이 떨어지는 바람에 개인적으로도 힘들었던 만큼, 이 작품의 마지막까지 함께할 수 있을지 불안했습니다. 그래도 「시원그녀」 같은 라이트노벨 원작 작품이 완결까지 영상화되는 일은 좀처럼 없기 때문에 최선을 다했습니다. 무사히 골에 도달할 수 있어서 무엇보다 기쁩니다.

극장판에서 구체적으로 어떤 작업을 하셨나요?

텔레비전 시리즈와 마찬가지로, 영상에서 나오는 「작중작」, 즉 극중에서 에리리가 그린 일러스트를 제 파트너인 쿠로야 시노부와 함께 그렸습니다. 텔레비전 시리즈 때에 그렸던 작중작은 이 「시원그녀」를 모델로 한 미소녀게임이었기에, 주로 메구미의 캐릭터를 부각시켜 그리기만 했으면 됐습니다. 하지만 이번 극장판에서는 에리리와 우타하가 만드는 「필즈 크로니클」란 가공 RPG의 비주얼을, 설정 같은 걸 전혀 모르는 상황에서 만들어야만 했기에 고생했습니다. 감독님을 비롯해 애니메이션 스태프 여러분에게 많은 도움을 받았습니다.

그 외에도 초반부에 나온 「icy tail」의 새 의상과 말미의 성장한 캐릭터들의 설정을 만들었습니다.

극장판에서는 스태프롤 이후에 어른이 된 토모야 일행이 등장합니다. 그 파트를 보고 깜짝 놀랐죠.

그 파트는 극장판에서만 볼 수 있는 묘미라고 생각합니다. 일부러 영화관까지 와주신 만큼, 원작과 텔레비전 시리즈를 응원해주신 분들에 대한 답례를 준비하자고 생각했죠. 그건 저만이 아니라 다른 스태프들도 마찬가지였을 겁니다. 오랫동안 같은 방향을 바라보며 함께 작품을 만들어왔으니까요. 그런 흐름을 따라 이 캐릭터들의 설정을 만들게 되었는데, 정말 즐겁게 작업했습니다.

어른이 된 캐릭터들의 설정은 어떻게 만드셨나요?

우선 캐릭터들의 공통되는 점은 얼굴이 너무 어른스러워지지 않도록 카메이 감독과 사전에 상의했다는 겁니다.

각 캐릭터별로 해설을 하겠습니다만, 메구미의 디자인을 가장 고민했을지도 모르겠군요. 텔레비전 시리즈 때 다양한 헤어스타일을 경험했기에, 이번에는 거꾸로 너무 바꾸지 않도록 했습니다. 메구미는 단발 이미지가 강하기 때문에 그 점을 유지하도록 주의하면서, 머리카락을 약간만 길러서 세미롱으로 해봤습니다. 그리고 복장에 있어서는 핑크색 카디건이라는 메구미의 상징적인 아이템을 어느 정도 남겼습니다만, 짧은 치마는 졸업시켜서 나이에 걸맞은 패션으로 꾸며봤습니다. 이건 다른 여자 캐릭터도 마찬가지죠.

INTERVIEW

에리리와 우타하는 어땠습니까?

에리리에 관해서는 트윈테일에서 벗어나게 하자고 생각했습니다. 그래서 리본만 남기고 머리카락은 풀었습니다. 하지만 각본에서는 트윈테일 따귀를 하기 때문에 감독님과 어떻게 할지 상의했죠. 타개책으로서 일시적으로 머리카락을 손으로 쥐어서 트윈테일을 만들어 따귀를 날리도록 했습니다.

우타하는 임팩트 있는 등장을 하기 때문에 서프라이즈 느낌이 나도록 외모를 크게 변화시켰습니다. 예전부터 어떤 식으로 그녀를 변화시켜야 한다면, 머리카락을 짧게 만든다는 선택지를 고르자고 생각했습니다. 메구미와 약간 겹치지만, 우타하의 헤어스타일은 에어리 보브라고 하는 겁니다. 복장은 카디건을 걸쳐서 부유층 느낌을 자아냈죠. 약간 마치다 씨를 닮은 것 같군요.

미치루와 이즈미의 어른 버전에 관해서도 한 말씀 부탁드립니다.

미치루에 관해서는 활발한 이미지를 남기고 싶었기에, 머리카락을 길러서 포니테일로 만들었습니다. 의상은 늘씬한 바지 스타일로 해서 어른스러운 느낌을 자아내도록 신경썼습니다. 화면에 나오는 시간은 얼마 안 됩니다만, 개인적으로는 꽤 마음에 들었습니다.

이즈미는 경단 부분을 남기자고 생각했습니다만, 머리 위에 올려둔다는 것 이외의 선택지는 없었습니다. 수수해질지도 모른다는 우려가 있었습니다만, 내추럴 느낌의 분위기가 나서 결과적으로 귀엽게 완성됐다고 생각합니다.

남성 캐릭터는 어떠셨나요? 우선 토모야에 관해 부탁드립니다.

메구미와의 조합을 생각해 너무 변화시키고 싶지는 않았습니다만, 조금은 어른스럽게 보일 방법이 없나 생각해서 앞 머리카락을 손봤습니다. 하지만 원래 동안이기 때문에 거꾸로 귀여워진 것 같은 느낌이군요……. 안경은 다시 쓰게 할 생각이었기 때문에 이쪽도 테를 가는 걸로 변화를 줬습니다. 옷은 메구미가 골라 약간 세련된 느낌일 거라고 생각합니다.

이오리는 여러모로 가지고 놀아봤습니다. 이오리의 어른 설정은 두 종류가 있으며, 우선 순조롭게 어른이 되면 이렇게 되었으리라는 디자인입니다. 다른 하나는 우타하의 망상에 등장하는 이오리로 퍼석퍼석한 머리카락과 군용 양말, 그리고 화장실 샌들 차림에 백 엔 샵에서 팔 듯한 백을 들고 있습니다. 우타하의 망상 속에 나오는 이오리이기에 함부로 다뤄봤습니다.

확실히 우타하의 망상 속에 등장하는 이오리의 의상은 임팩트가 있군요.

제 장난기가 감독님에게 전염된 걸지도 모르지만, 우타하의 망상 속 이오리의 신에 나오는 허름한 아파트도 정성들여 로케이션 헌팅을 했다고 합니다. 개인적으로는 군용 양말, 그리고 허름한 봉투가 강렬했습니다.

INTERVIEW

「시원그녀」가 완결될 때까지 아쉬움이 남지 않도록 최선을 다해 그리고 싶다

「시원찮은 그녀를 위한 육성방법 Memorial2」의 표지 일러스트 말입니다만, 어떤 심정으로 그리셨나요?

사실 이미 완결권까지 표지 일러스트를 그리며 모든 소재를 다 썼다고 생각합니다. 특히 13권의 꽃다발을 든 메구미의 일러스트는 만감이 교차하는 심정으로 그렸기에, 이제 뭘 그리면 좋을지 난처했습니다. 최종적으로 머릿속에 떠오른 것은 바로 1권의 메구미 버전입니다. 1권의 에리리는 안경을 입가에 대고 있습니다만, 메구미라면 토모야의 안경을 입가에 대고 있으면 부자연스럽지 않을 거라고 생각합니다.

이번 표지 일러스트는 지금까지도 써왔던 대비 구도를 만들고 있을 뿐이며, 딱히 깊은 의미는 없습니다.

많이 받으셨을 질문이겠습니다만, 「시원그녀」에서 어느 캐릭터를 좋아하시나요?

그 질문을 몇 번이나 받았는지 모르겠군요(웃음). 몇 번이나 말씀드렸습니다만, 저는 캐릭터들의 부모 같은 입장이기 때문에 우열을 메길 수가 없습니다. 토모야나 이오리 같은 남성 캐릭터에게도 애정이 있죠.

이런 자리 이외에서도, 해외 이벤트에서 팬 분들에게도 이 질문을 꼭 받습니다. 그래도 누가 1위인지 정할 수가 없군요.

해외에서는 어느 캐릭터가 인기 있나요?

기본적으로 메구미, 에리리, 우타하에게 인기가 집중되어 있습니다만, 이 셋 중에서 메구미가 가장 강한 것이 아니라 나라에 따라 인기 순서가 다르다고 생각합니다. 태국에서는 메구미가 가장 인기 있었던가요. 야스노 씨가 그 자리에 있었기 때문일지도 모르겠군요(웃음). 대만에서는 에리리와 우타하가 인기 있었던 것 같은 느낌이 듭니다. 그리고 성별에 따라 인기가 있는 캐릭터가 다른 느낌이 드는 군요. 에리리는 여자 팬이 많았던 것으로 기억합니다.

「시원그녀」의 일러스트를 자유롭게 그릴 수 있다면 어떤 일러스트를 그리고 싶나요?

사실 「시원그녀」의 화집을 내게 되면서(2020년 간행 예정), 그 안에 들어갈 일러스트 몇 점을 자유롭게 그릴 예정입니다. 아직 구체적으로는 생각해보지 않았습니다만, 복수의 캐릭터가 얽히는 일러스트를 지금까지 그린 적이 없으니 그런 작품을 수록하고 싶다는 생각을 하고 있습니다. 아쉬움이 남지 않도록 화집에 최선을 다해서 「시원그녀」로부터 졸업하는 것이 최선이겠죠.

그 화집이 나오면 드디어 「시원그녀」가 완결되는 걸까요.

개인적으로는 에리리에게 아쉬움이 남는다고나 할까요. 원작의 삽화에서도 엄청 울었죠. 하다못해 제 화집에서는 행복한 내용으로 그려주고 싶습니다. 그러면 아쉬움 없이 이 작품과 작별할 수 있을 것 같군요.

INTERVIEW

개인적으로는 만성적으로 작품을 계속 이어나가고 싶지 않다고나 할까, 마침표를 찍을 수 있는 콘텐츠에는 제대로 마침표를 찍고 싶다는 생각을 가지고 있습니다. 이미 원작은 완결됐으며 영화도 완성됐으니, 현 단계에서도 약간 긴장이 풀렸지만 말이죠. 그래도 화집에 최선을 다하겠습니다.

그럼 지금까지 「시원그녀」를 응원해주신 독자 여러분에게 메시지를 부탁드립니다.

라이트 노벨로서는 정말 이것이 마지막이 될 거라고 생각합니다. 「시원그녀」는 원작 팬 여러분이 버팀목이 되어주시지 않았다면 애니메이션 제작도 실현되지 않았을 것이며, 애니메이션을 지지해주신 덕분에 극장판까지 도달할 수 있었습니다. 오랫동안 정말 감사합니다.

앞으로 「시원그녀」의 전개는 마무리를 향해 달려갈 것입니다만, 앞으로 1년은 계속 그려나갈 테니 조금만 더 지켜봐 주셨으면 합니다.

곧 간행될 화집을 고대하고 있겠습니다. 오늘 정말 감사했습니다.

시원찮은 그녀(히로인)를 위한 육성방법

Memorial(메모리얼) 2

Chapter 5

특전 소설

Special Novel

12월 중순—.

학생들에게 있어서는 겨울방학을 코앞에 둔 가슴 뛰는 계절. 그리고 연인들에게 있어서는 크리스마스를 눈앞에 둔 온갖 감정이 넘쳐나는 계절.

"토모야 선배! 이벤트 05 선화 다 그렸어요~!"

"이즈미, 여전히 스피드와 퀄리티가 대단하네!"

"저기, 나도 좀 볼래. 오~, 하시마 양은 한번 발동 걸리면 정말 대단하다니깐."

"……응. 박력만 본다면 이즈미의 그림은 카시와기 에리조차도 능가할지도 몰라."

"에, 에헤헤 그 정도는……."

"그럼 이 페이스를 유지하면서 클라이언트 측에서 온 이벤트 03과 04의 수정 지시 대응을……."

"자, 자, 잠깐만요?! 좀 쉬게 해주세요……. 하다못해 30분만……."

"수고했어~. 그럼 침대에서 쉬는 게 어때? 내가 따뜻하게 데워뒀어."

"어이, 미치루. 너한테는 BGM의 어레인지 작업을 부탁했잖아…….”
“으음~. 지금까지는 순조롭게 진척되고 있지만, 그래도 마감까지 남은 기간을 생각하면 이제까지의 세 배 가량의 페이스로 작업을 진행해야겠는걸.”
“오빠까지 나를 죽일 속셈이야?!”
“괜찮아, 이즈미……. 그 경우에는 나도 세 배가량의 페이스로 시나리오를 써야 하니까, 죽을 때는 함께야!”
“저기, 그 말을 들어도 전혀 마음이 놓이지 않거든요?!”
여러모로 가슴이 뜨거워지면서도 물리적으로는 추운 계절에 대항하기 위해 난방기를 세게 틀어둔 실내에서는, 현재 아수라장 같은 뜨거운 열기에 휩싸여 있었다.
이곳에 모인 이들은 계절과 시간을 잊은 채, 몇 년 동안 괴로움과 즐거움을 함께해온 동료들…….
동인 서클 『blessing software』(2차)의 멤버들이다.
“야식 만들어 왔어~.”
“기다리고 있었습니다! 카토의 마누라 요리!”
“우와, 돼지고기 된장국~. 여전히 맛있어 보여~!”
“저, 저기 메구미. 항상 고마워…….”
“……효도 양, 이즈미 양. 뜨거우니까 조심해.”
“……메구미?”
“잘 먹겠습니다~! 으음~, 주먹밥도 간이 적당히 잘 됐네~.”
“이런 걸 먹을 때면 일본인이라는 걸 실감하게 된다니까요~.”

"더 있으니까 많이 먹어."

"저, 저기 내 몫은……?"

"……부족하면 얼마든지 말해. 『3인분』치고는 너무 많이 만들었거든."

"메, 메구미 씨……?"

"좋아~. 그럼 냄비 채로 먹을래~!"

……그렇다. 지금 이 자리에 모인 이들은 계절과 시간을 잊은 채, 몇 년 동안 괴로움과 즐거움을 **함께 해왔을 터인** 동료들…….

함께 웃고, 함께 울며, 모든 것을 나눠온 깊은 유대로 이어진…….

"토모야 군. 저쪽에서 나와 같이 칼○리메○트라도 먹지 않겠어?"

"됐어……."

또한, 기존의 멤버들인 만큼 위의 발언을 누가 한지는 독자 여러분께서도 충분히 파악하셨을 거라 믿어 의심치 않습니다.

시원찮은 고스트가 소임을 다하는 방법

12월 초(약 보름 전)—.

"이즈미, 합격 축하해!"

"감사합니다~!"

시내에 있는 통나무집 느낌의 카페. 그 가게의 창가 좌석에는 두 남녀가 마주 앉아 있었다.

"추천으로 후시카와(우리 학교) 대학에 들어오는 거구나. 메구미와 같은 코스네."

"예! 실은 메구미 씨한테서 「후시카와라면 의외로 쉽게 추천을 받을 수 있어」라는 조언을 받았어요!"

"그런 후시카와에 들어가려고 1년 재수해서 죄송합니다……."

"앗! 잘못했어요, 잘못했어요!"

후시카와 대학 1학년, 아키 토모야. 그리고 현재 토요가사키 학원 3학년이자, 내년부터 다시 토모야의 후배가 되는 것이 확정된 하시마 이즈미.

나이는 두 살 차이나지만 학년은 1년 차이나는 이 두 사람은 이 작품의 외출 장소로 편리하게 애용하고 있는 바로 그 카페에서 이즈미의 고등학생 최대 난관 돌파를 커피와 파르페로 성대히 축하하고 있었다.

"아무튼, 이제 드디어 『blessing software』 다시 시작이네요!"

"응, 그래……."

"올해는 제 진학 때문에 겨울 코믹마켓에 참가 못했잖아요. 폐를 끼쳐 죄송해요……."

"너무 신경 쓰지 마……."

"하지만 이제 대학에 붙었으니 괜찮아요! 새해가 되면 바로 활동을 시작해서, 올해는 겨울이 아니라 확 여름 코믹마켓에 신작을 내죠!"

수험이라는 부담감에서 남들보다 한 발 먼저 벗어난 이즈미는 어깨에서 짐을 내린 덕분에 몸과 마음이 가벼워진 건지, 벌써부터 졸업할 때까지의 자유롭고 해방감 넘치는 나날을 마음속에 그리고 있었다.

"이즈미, 실은 말이야……."

"예?"

하지만 그렇게 들뜬 이즈미와 달리…….

자유롭고 해방감 넘치는 나날을 매일 보내고 있는 대학생(편견)인 토모야는 서서히 궁지에 몰린 표정과 말투에 변하더니…….

"실은 3월 말에 신작을 내게 됐어. 뭐, 팬디스크니까 볼륨은 얼마 안 돼. 하지만 상업 쪽 일이라서 마스터업[#1] 기한이 빠르거든. 새해가 되기 전에는 마무리를 지어야만 해……."

"……예?"

그리고, 어처구니없기 그지없는 폭탄을 투하했다.

"……여기서부터는 내가 설명하겠어."

"오빠, 언제부터 여기 있었던 거야?!"

한동안 얼이 나가 있던 이즈미가 옆을 바라보니, 어디에서 온 건지(정답 : 뒤편의 좌석), 그녀의 오빠인 하시마 이오리(모 국립대학 2학년)가 그녀의 옆자리에 앉으며 머리카락을 느끼하게 쓸어 넘겼다.

"실은 말이지. 오프 더 레코드로 하는 이야기인데 마르즈의 신작인 『필즈 크로니클 XⅣ』의 제작이 좌초됐어……."

"게다가 느닷없이 업계의 다크한 정보를 이야기하기 시작했어?!"

"전작인 『필즈 크로니클 XⅢ』은 기획자로 코사카 아카네를 초빙했을 뿐만 아니라, 캐릭터 디자인을 카시와기 에리(사와무라 에리리)에게, 시나리오를 카스미 우타코(카스미가오카 우타하)에게 맡겼어. 주요 부분을 전부 외부인으로 짠 스태프 구성으로 대성공을 거뒀다는 건 이즈

#1 마스터업 게임 제작에서 쓰이는 표현으로, 제작 중이던 게임이 완성되어 미디어 작성과 매뉴얼 및 패키지 등의 부속품 제조 단계에 접어들었다는 의미다.

미도 당연히 알고 있지?”

사와무라 선배

“……그 덕분에 목표가 더 멀어져버리고 말았어요~.”

“하지만 마르즈 내부에 있는 기존의 필즈 크로니클 제작 팀은 그게 마음에 들지 않았어. 그래서 이번 『XⅣ』는 내부 멤버로 만들기로 하고, 『XⅢ』과 병행해서 예전부터 개발을 진행해왔는데…….”

“으음, 일반론적으로 볼 때 그런 거대 프로젝트는 장기화가 되면 될수록…….”

“그래. 점점 수습을 할 수 없게 돼. 디렉터는 마음에 병을 얻어서 휴직하고, 프로듀서는 책임도 지기는커녕 모 소셜 게임메이커로 이직해버렸지. 당초 예산의 곱절을 쏟아 부었는데도 진척 상황은 아직 20퍼센트 밖에 안 돼…….”

“우와~, 우와~, 우와~, 듣고 싶지 않아아아아~!”

그렇다. 누구라도 이런 이야기는 듣고 싶지 않을 것이다.

하지만 듣게 된 이상 이렇게 소재로 써먹을 수밖에 없다는 것이 글쟁이의 슬픈 본성인 것도 사실이다…….

“하지만 회사에는 연말 결산이라는 게 있어……. 이게 상장기업의 힘든 점이지.”

“그 결산을 하는 게 3월……?”

“그래. 그래서 마르즈는 어떻게든 3월까지, 『어느 정도 판매량이 보장되고, 또한 반드시 내놓을 수 있는』 작품을 만들어야만 해.”

"그, 그게, 혹시……?"

"응……. 『필즈 크로니클XⅢ』의 S○it○h 이식판이야."

"우와~, 우와~, 우와~. 이건 절대 들어선 안 되는 이야기야아아아~!"

그렇다. 원래는 이렇게 불특정 다수의 인물이 오가는 곳에서 이야기할 내용이 아니지만, 지금은 시급한 상황이니(픽션이니) 어쩔 수 없다(괜찮다).

"하지만, 단순한 베타 이식으로는 목표 매상에 도달하는 게 요원해……. 그래서 마르즈는 어떤 추가 요소를 탑재하자는 판단을 내렸어."

"추, 추가 요소……?"

"여기서부터는 내가 이야기하겠어……. 우선 이걸 봐!"

한동안 입을 다문 채 하시마 남매의 쓸데없이 다이내믹한 이야기를 듣고 있던 토모야가 드디어 두 사람의 텐션을 쫓아갈 생각이 든 건지, 과장스러운 손놀림으로 테이블을 향해 몇 장의 종이를 내던지듯 펼쳐놓았다.

"이, 이건…… 혹시 사와무라 선배의……?"

토모야가 내놓은 자료에는 이미 채색이 된 캐릭터의 스탠딩 일러스트가 있었다.

아니, 정확하게는 이 화풍이 이즈미는 눈에 익었다.

"그래. 에리리가 디자인한 『필즈 크로니클XⅢ』의 류트와 사라시아란 캐릭터야."

"류트? 사라시아? 어?『필즈XIII』에 그런 캐릭터가 있었어요……?"

그러나 이즈미는 화풍은 눈에 익지만 그려진 캐릭터 자체는 본 적이 없었기에 위화감을 느꼈다.

"이즈미가 그런 말을 하는 것도 당연해……. 왜냐하면 이 두 캐릭터는 개발 최종 단계에 존재 자체가 지워졌던『환상의 캐릭터』거든."

극장애니메이션 참조

"참고로 캐릭터를 지워 버린 사람은 다름 아닌 토모야 군이야."

"아아아아아……. 역시 들으면 안 되는 이야기야아아아……."

실은 작품 발표 당시의 키비주얼 단계에서는 이 두 사람도 등장했기에, 그걸 가지고 코어한 팬들이 물의를 빚기도 했다고 한다.

"그 결단은 납기와 퀄리티 사이에서 처절한 사투를 벌인 끝에 내린, 피치 못할 판단이었어……. 나도 완전히 납득을 하고 내린 건 아냐."

"그리고 현재, 갑작스럽게 결정된 이식판의 추가 요소로서, 이렇게 적절한 소재는 없어……. 이즈미도 이해하지?"

"응. 무슨 말인지는 알아. 알겠거든? 하지만 나한테 이런 이야기를 상세하게 늘어놓고 있는 오빠와 토모야 선배의 의도는 모르겠어!"

이즈미가 마지막 저항을 하듯 앞으로 펼쳐진 전개에 대비

해 선수를 치려고 했지만…….

"그러니까 이즈미가 나설 차례라는 거야! 올해 안에 이 디자인화를 가지고 이벤트용 일러를 그려서 『필즈 크로니클 XⅢ 완전판』을 우리 손으로 완성시키자!"

"아앗! 그럴 줄 알았어~!"

이 『기술의(이오리) 1호, 힘의 2호(토모야)』의 압박을 떨쳐내는 건, 역시 무리였던 것이다.

※ ※ ※

그리고, 다시 12월 중순—.

"……그래서 선배는 아직도 메구미 씨와 화해 못한 거예요?"

"눈치챘으면서 괜히 묻지 마, 이즈미……."

메구미가 야식에 쓴 식기를 정리하려고 아래층으로 내려간 후, 이때를 기다렸다는 듯이 이즈미가 토모야를 놀리……위로하자, 토모야는 결국 허기에 진 건지 칼로리메이트를 씹어 먹으며 가라앉은 목소리로 통명하게 말했다.

"진짜, 부대표(카토 양)는 다루기가 어렵다니깐. 그녀보다는 이즈미가 훨씬 이번 일로 피해를 보고 있는데 말이야."

"오빠, 그런 말은 전혀 면죄부가 되지 않아……."

메구미가 평소와 다름없…… 아니, 평소와 달리 토모야에게 냉랭한 반응을 보이고 있는 건, 바로 이 프로젝트 자체가 원인이었다.

“하지만 카토가 화내는 것도 무리는 아냐. 사실 이번 일은 사와무라나 카스미가오카 선배를 위한 일이 아니잖아.”

아직 소개를 하지 않은 효도 미치루(무직)가 그렇게 말했다.

“확실히 이번 이식판이 혹평을 받든 말든, 엄청난 명성을 거머쥔 그 두 사람한테는 전혀 대미지가 없을 거야…….”

“뭐, 그래서 코사카 씨와 마치다 씨가 주저 없이 거절한 거겠지만 말이야…….”

당초에 마르즈는 이 일을 오리지널 스태프인 카시와기 에리와 카스미 우타코에게 의뢰하기 위해, 코슈(코사카 아카네) 기획에 오퍼를 넣었다.

하지만 현재 그 두 사람은 신작 소설 『세상에서 가장 소중한, 내 것이 아닌 그대에게』의 미디어믹스에 전념하고 있기에 마르즈가 제시한 스케줄에 도저히 맞출 수 없다면서, 후시카와(마치다 소노코) 서점 측에서 강렬한 클레임이 날아왔고…….

결국 사면초가의 상황에 처한 마르즈는…… 가느다란 동아줄 하나가 존재한다는 사실을 떠올렸다.

오리지널판 개발 종반에 갑자기 『코사카 아카네의 부하』를 자처하며 뻔뻔한 표정으로 본사까지 쳐들어왔고, 겨우 한 달 남짓한 기간이기는 하지만 실제로 시나리오와 그래픽의 디렉션에 관여했던, 한 청년을 말이다.

또한 그 청년의 메일 서명에 은근슬쩍 적혀 있던, 자신이

이끄는 동인 게임 서클을…….

“그건 그렇고, 마르즈 측도 용케 우리한테 이런 숨겨둔 카드가 있다는 걸 알고 있네…….”

무직인 미치루는 방금 완성된 이즈미의 원화를 황홀한 표정으로 응시했다.

“뭐, 카시와기 에리의 디자인을 퀄리티를 유지한 상태에서 이벤트 일러스트로 그려낼 수 있는 일러스트레이터는 많지 않거든…….”

게다가 그 그림은 아마추어인 미치루도 그리고 프로(동인 건달)인 이오리도 반하게 만들 정도의 퀄리티였다.

“그야 일전에 같이 일을 할 때, 툭하면 그쪽 디렉터한테 자랑했거든! 『우리 서클에는 카시와기 에리의 영원한 라이벌이 있다』 하고 말이야!”

“기쁘기는 하지만 그건 쓸데없는 발언이거든요?!”

“뭐, 뭐어 그래도 처음에는 거절했거든? 이즈미가 대학에 추천 입학으로 들어가지 못한다면, 아무리 우리라도 스케줄적으로 무리라고 말이야.”

“그 교섭 자체도 여러모로 문제가 있다는 생각이 드는데요…….”

“하지만 상대방 측에서 거절하게 하려고 시세의 열 배 정도의 가격을 불렀는데, 그걸 오케이하니까 거절할 수 없었어…….”

"이야, 역시 마르즈야. 우리와는 자금 면에서 차원이 다른 걸. 하하하."

"두 사람 다 이제부터라도 교섭 능력을 갈고닦는 게 어때요?!"

"애초에 말이죠. 기념비적인 저의 첫 상업쪽 일이 카시와기 에리의 고스트라는 것도 좀 그렇지 않아요?"

휴식을 마치고 다시 디자인표와 눈싸움을 하며 펜을 놀리기 시작한 이즈미는 쉴 새 없이 푸념을 늘어놓았다.

"아니, 뭐, 나도 카스미 우타코의 고스트를 맡고 있잖아."

"솔직히 말해 토모야 선배는 속으로 좋아 죽겠죠?"

"그야 뭐, 하하하."

"좀 숨길 노력을 해줬으면 좋겠는데 말이에요……."

그런 이즈미의 원망을 한귀로 흘려 넘기고 있는 토모야 또한 원래 시나리오 텍스트를 출력한 프린트를 테이블 위에 쌓아놓더니, 빨간색 펜으로 수정을 하고 있었다.

……수정하고 있는 것처럼 보이지만, 토모야가 빨간 색으로 쓴 문자는 『이것이야말로 카스미 우타코 테이스트!』, 『이 신의 카타르시스는 그야말로 공전절후!』, 『큰일 났다. 수정할 부분이 안 보여!』 같은 찬사 코멘트뿐이었다. 수정할 생각이 눈곱만큼도 없는 것처럼 보였다.

"뭐, 전에도 말했다시피 파격적인 수익을 받게 됐으니까, 마르즈한테서 용돈 받는다는 생각으로 열심히 해보자고."

"그래. 내 생활을 위해서 힘내줘, 하시마 양~!"

"의욕이 샘솟을 만한 발언 좀 해주세요, 미치루 씨……."

"그런 남일 같지 않은 소리 좀 하지 마, 밋짱……."

"어쩔 수 없잖아~! 이 안에서 부모님한테 손 안 벌리는 사람은 나뿐이란 말이야~."

"진학도 안 하고 빈둥거리기만 하니까 그런 거야……."

"아하하……."

그렇게 만사태평한 동료를 향해 쓴웃음을 흘리면서도, 이즈미의 손은 표정은『고스트 업무』를 질색하는 것처럼 전혀 보이지 않았다.

그녀가 조작하고 있는 태블릿에 표시된 그림은 카시와기 에리의 디자인을 답습하면서도, 하시마 이즈미의 흔적이 명확하게 남아 있었다.

그렇게 완성된 그림을 볼 때마다, 이 자리에 있는 동료들은 쓴웃음이 섞인 황홀한 표정을 지으며 한숨을 내쉴 수밖에 없었다.

"그럼 마감까지 앞으로 보름……."

"저는 이벤트 일러스트가 열 장, 스탠딩CG의 의상 패턴 추가, 표정 추가……."

"나는 2년 전에 지워진 시나리오를 되살리면서 전체적으로 다듬고, 캐릭터 시나리오 추가를……."

“추가 BGM이 필요하면 말해. 몇 곡이든 만들어줄게!”
“뭐, 그건 클라이언트 측과 상의해야 하지만 말이야.”
“차분하게 생각해보니, 평소와 다름없이 혹독한 싸움인 걸…….”
“무슨 소리를 하는 거야, 오빠……. 이 정도는 식은 죽 먹기야.”
“우리 이외에는 불가능하겠지만, 말이야.”
“왜냐하면 나는 카시와기 에리의 영원한 라이벌이거든?”
“나는 카스미 우타코의 수제자라고.”
“으음~, 나는…… 그럼 유일무이한 천재 아티스트인 걸로 할래!”
그리고 네 사람은 서로의 얼굴을 바라보며 쓴웃음을 짓더니…….
“좋아~. 그럼 다 같이 힘내자아아아~!”
““““오오오오오~!””””
그리고, 앞으로 약 보름간의 격전에 최선을 다하기로 맹세했다.

“……흐음~, 나 빼고 너희끼리 이러기야?”
“아.”
“아.”
“아.”

"히익?!"

막 설거지를 마치고 돌아온 또 한 명의 소중한 멤버(후시카와 대학 2학년 카토 메구미)를 깜빡한 상태에서…….

"딱히 다 같이 힘내자는 말을 부정하려는 건 아냐. 확실히 이 일을 받아들인 것 자체에는 납득이 안 가는 부분이 있지만, 그래도 나 또한 이미 맡았으니 어쩔 수 없다고 생각했거든? 그래서 이제 불평 그만하고 최선을 다하자고 생각했는데……."

"그, 그래! 이러쿵저러쿵해도 메구미라면 최선을 다해줄 거라고 믿어 의심치 않았어!"

"그렇다면 말이야. 나만 빼고 너희끼리 결의를 다지는 건 좀 아니지 않을까? 내가 틀린 말을 하는 걸까……."

"전혀 틀리지 않았어! 백 퍼센트 내가 잘못했다고! 잘못했습니다, 잘못했습니다, 잘못했습니다!!"

메구미의 어조는 점점 무덤덤해졌지만…….

말이 빠를 뿐만 아니라 목소리도 점점 젖어 들어가고 있었다…….

"거 봐. 내가 예전에(8권에서) 예언했지? ……네 애인은 부담스러운 여자라고 말이야."

“오빠 제발 부탁이니까, 그런 말은 메구미 씨한테 들리지 않게 말해.”

※ ※ ※

그리고 그로부터 며칠간 연내 개발 완료를 목표로, 『blessing software』의 분투는 이어졌다.

“으음~ 전부 다 없으라는 건 아니지만, 조금은 고치는 편이 좋지 않을까? 이 캐릭터의 시나리오 말이야.”

“어, 어디를……? 좀 더 구체적으로 지적해주면 좋겠어.”

“으음…… 초반과 중반, 종반이 문제야. 아, 에필로그도 전면적으로 손보는 편이 좋을지도 모르겠네.”

“메구미 양, 죄송한데 그냥 다 없으라고 말해줄래요?!”

“그것보다, 토모야 선배. 이 두 명의 신 캐릭터를 이어줘도 괜찮은 거예요?”

“뭐, 확실히 『필즈 크로니클』의 캐릭터 시나리오에서 이렇게 연애 색깔이 강해선, 위화감을 느끼는 유저가 있어도 이상하지 않지.”

“아, 아니 그 점에 대해서는 마르즈의 디렉터한테도 오케이를 받았어. 전개를 짤 시간도 없으니 내 특기 분야인 미소녀 게임 전개로 승부하게 해달라고 했거든.”

“아무리 그래도 이 연애 시나리오는 토모야 군이 쓴 것치고는 너무 깊이가 없다고나 할까, 진부하다고나 할까, 저질스럽다고나 할까…….”

“아까부터 말이 너무 심한 거 아냐?!”

“이래서야 이 두 사람은 처음부터 맺어져 있는 거나 다름없잖아? 두 사람이 서로에게 끌리는 에피소드가 전무한걸.”

“그, 그건…… 분량 문제라든가 납기 같은 것 때문에…….”

“하지만 그걸 다 감수하면서도 이 일을 맡은 거지? 그렇다면 그런 한정된 상황 안에서 어떻게든 해내는 것이 토모야 군의 미션 아닐까?”

“아하하……. 카토는 의욕이 한번 불타오르기 시작하면 인정사정없다니깐~.”

“그야 우리가 만든 게임이 대충 만든 거라고 여겨지는 건 싫단 말이야.”

“뭐…….”

“최선을 다하고도 그런 결과가 나온다면 어쩔 수 없지만, 나중에『더 잘 만들 수 있었는데』같은 생각이 드는 건 싫잖아?”

“메구미…….”

“아아~ 완전 진심이네.”

“이걸로 결판이 났군……. 이렇게 되면 우리 부대표(카토 양)는 물러나지 않으니까 말이지.”

“미안해. 하지만…….”

“그럼 최선을 다해 보자고! 이 시나리오의 어디를 고치면 좋을지, 이제부터 다 같이 상의해보자!”

“으음…… 두 사람이 서로에게 끌리는 에피소드가 없다는 게 문제라는 카토 양의 의견도 납득이 되지만, 거기에 분량을 할애할 수 없다는 토모야 군의 주장도 옳은데…….”

“그, 그럼 나한테 아이디어가 하나 있는데 말이야. 들어줄래?”

“물론이야! 얼마든지 말해봐!”

“두 사람이 파티에 가입하기 전부터 끌리고 있었던 걸로 하면 되지 않을까? 그래, 류트와 사라시아가 실은 소꿉친구였다거나……!”

“……아~, 그건 아니라고 생각해. 응. 해결책과는 완전히 동떨어진 아이디어야.”

“……메구미?”

“그럼 친척 설정으로 가자! 그러면 만남 부분도 생략할 수 있을 거잖아!”

“후배! 후배 설정으로 하죠! 이러면 순수한 마음으로 따르는 것에도 설득력이 실릴 거예요!”

“아냐. 확 서로가 반발하면서도 실은 마음 깊은 곳에서 강한 유대로 이어진 버디 설정을…….”

“……이오리?”

※ ※ ※

비오는 날도, 눈 오는 날도(참고로 이 며칠간의 강수량은 0).

낮도, 밤도, 휴일도, 평일도(진학 결정 후의 고3과 대학생과 무직이라 가능)…….

"저기, 두 사람 다 움직이지 말아요! 아직 스케치가 안 끝났다고요!"

"하지만~, 이 포즈는 꽤 힘들단 말이야~."

"으, 으음 이즈미 양…… 뭐 좀 물어봐도 돼?"

"실은 입도 움직이지 말아줬으면 하지만 어쩔 수 없네요. 말해 보세요, 메구미 씨."

"그, 그게…… 이 구도가 진짜로 필요한 거야?"

"당연하죠! 이 이벤트야말로 토모야 선배가 쓴 추가 시나리오에서 가장 하이라이트 신이자, 어쩌면 이 이식판 최고의 최루탄 신일지도 모른단 말이에요!"

"으, 음…… 칭찬 고마워."

"사라시아를 감싸다 등에 치명상을 입은 류트! 사라시아는 쓰러진 류트의 밑에 깔린 채 그의 몸을 꼭 끌어안으며 필사적으로 치유 마법을 건다! 그에게서 흘러내리는 피가 온몸을 붉게 물들이는 것도 개의치 않으며! 하지만 자신의 마력을 전부 쏟아 부었는데도 생명의 등불은 점점 꺼져만

가고…… 사라시아는 그를 필사적으로 부둥켜안으며, 이렇게 외쳐요……. 『부탁이야! 돌아와! 돌아와 줘, 류트!』 메구미 씨! 사라시아가 된 심정으로 미치루 씨와 온몸으로 뒤엉키세요!"

"하, 하지만, 더 뒤엉켰다간 최루탄 신이라기보다……."

"왠지~, 에로 신이 되어버릴 것 같네~."

"그래서 좋은 거예요! 이 비극적이면서 아름다운 신에 감도는 에로티시즘! 텍스트로 슬픔에 잠기고, 일러스트로 흥분에 빠져들며, 유저는 슬픔과 감동, 그리고 느껴서는 안 되는 그 이상의 감정 때문에 부도덕적인 자극에 빠져들고 말죠! 아아! 좋아! 시동이 걸렸어!"

"저기, 이오리. 이즈미는 에리리를 목표로 삼고 있지만……."

"그래. 타입으로 보면 명백하게 카스미 우타코 방면이지……."

"메구미 씨! 더욱 정열적으로, 더욱 선정적으로……! 상대가 토모야 선배라면 부끄러울 거라고 해서 미치루 씨에게 부탁한 거잖아요? 제가 조건을 받아들인 만큼 메구미 씨도 그에 부응해달라고요!"

"그, 그래도 더는……."

"나는 생활비를 위해서라면 뭐든지 할 거야~."

"그럼 미치루 씨, 부탁드릴게요! 아래편에 있는 메구미 씨와 몸을 더욱 밀착시켜요!"

"좋았어~. 그럼 스몰 패키지 홀드로 폴해버려야지~."

"자, 잠깐만, 효도 양……. 앗, 수, 숨결이 닿았…… 하윽."
"미치루 씨, 손을 좀 더 아래편으로 가져가요!"
"아, 잠깐만, 거기에 손을 넣으면…… 흐윽, 아, 안 돼 토모야 군……."
"……윽."
"……토모야 군, 우리는 나가 있는 편이 좋지 않을까?"
"으, 응……. 그럼 이즈미……."
"예! 이 성과는 완성된 이벤트 일러스트를 통해 확인해 주세요!"
"혹시나 해서 말해두겠는데, 이 게임은 전연령 대상이야……."

※ ※ ※

꽤 중요한 기념일도…….

"효도 양. 스무 살 생일 축하해."
"오오오오오오~. 고마워, 카토~!"
"우와아아아~. 기타 픽인가요? 귀여워요~."
"흐음, 직접 만든 건가?"
"……오~."
"뭐, 처음 만든 거라서 잘 만들어졌는지는 모르겠지만……."

"우와~. 미치루 씨, 나중에 그걸로 연주 좀 해주세요!"

"좋아~. 확 해피버스데이 노래라도 연주해볼까~."

"……응."

"아, 그리고 픽만으로는 좀 그럴 것 같아서 겸사겸사 이것도……."

"우오오~! 이거, 상품권이잖아?! 고마워, 땡큐~ 사랑해, 카토~!"

"……너무 좋아하니 속물 같아 보이거든요?"

"이야, 역시 부대표답게 배려가 참 세세한걸."

"……으으으."

"그러는 하시마 군은 뭘 준비했어?"

"아, 나는 물론 현금을 준비했지."

"오빠, 그건 더 속물……."

"우와아아아! 고마워어어, 하시마 오빠 쪽~! 덕분에 집세를 낼 수 있겠어어어어~!"

"……뭐, 받는 쪽이 전혀 개의치 않을 거라는 건 알고 있지만, 좀 그렇기는 한걸."

"……저, 저, 저, 저기……."

"이걸로 휴식은 끝. 나는 빨래하고 올게."

"어, 저, 저기……."

"좋아~. 의욕이 샘솟네! 남은 두 곡 열심히 만들어야지~!"

"오, 오늘 생일인 사람은 미치루만이 아닌데……."

"아, 깜빡했네. ……토모야 군도 스무 살 된 걸 축하해. 그럼 빨래하고 올게."

"어, 어어어어어~."

"……어차피, 토모야 선배 선물은 우리가 돌아간 후에 줄게 뻔하네요."

"뭐, 이런 것도 양식미라고 할 수 있어. 저 두 사람에게 있어선 말이야."

※ ※ ※

그리고 드디어…….

"수고하셨어요~, 토모야 선배~!"

"잠이나 자자~. 정월에는 늘어지게 자야지~!"

"그럼 새해 복 많이 받아, 토모야 군."

"응. 새해 복 많이 받아."

"다들 조심해서 돌아가."

12월 31일. 11시 45분 경.

텔레비전에서 하던 홍백가합전이 끝난 타이밍에 이즈미, 미치루, 이오리가 아키 가의 집 현관을 나섰다.

방금까지 다 같이 그래픽과 시나리오의 최종 체크를 마친 후, 마르즈가 준비한 공유 서버에 올리고 겸사겸사 메구미가 준비한 새해맞이 국수를 먹었다.

“끝났다~!”

“뭐, 나는 이제 뒷정리를 해야 하지만 말이야.”

“도울게, 돕겠습니다!”

드디어, 겨우 한 달 동안이기는 하지만『blessing software』의 첫 상업 업무는 어찌어찌 해를 넘기지 않고 끝났다.

“그건 그렇고 예상은 했지만 진짜로 섣달 그믐날에 겨우 끝났네.”

“덕분에 겨울 코믹마켓에도 못 갔어…….”

“소재는 어제 전부 완성됐는데 결국 오늘도 전원이 모였어.”

“마감 직전까지 퀄리티를 추구하는 건 크리에이터의 본성이거든~.”

“덕분에 크리스마스도 그냥 지나갔네.”

“어차피 내 크리스마스는 어릴 적부터 생일과 세트였거든~.”

하지만 24일 오후 아홉 시부터 25일 오전 세 시까지의『예의 여섯 시간』조차도 다 같이 크리에이트(건전한 의미에서) 했을 때는 한 마디 하고 싶었지만 말이다.

“그럼 하나 둘 셋~에 들자. 하나 둘 셋~.”

“영……차.”

그리고 남겨진 두 사람…… 아니, 이 집에 사는 한 사람과

자주적으로 남은 한 사람은 우선 환기를 위해 방의 창문을 연 후, 추위를 참으면서 실내의 쓰레기와 식기를 정리했다. 그리고 테이블을 방구석으로 옮겨서, 방 한 가운데에 널찍한 공간을 만들었다.

"이제 잠시 쉬자."

"이번에는 진짜로 수고했어~."

"뭐, 나는 설거지와 청소와……."

"남은 건 내가 할 테니까, 할일 남았다는 소리 좀 그만해~."

그런 농담을 주고받으면서도, 두 사람 다 기진맥진한지 방 한가운데에서 등을 맞댄 채 서로에게 기대면서 잠시 동안의 휴식을 맛봤다.

"겨우, 끝났네~."

"그 말, 대체 몇 번이나 하는 거야?"

"올해가 끝났다는 이야기니까, 착각하지 마."

"그쪽은 아직 10분 정도 남았어."

벌써 제야의 종소리가 활짝 열린 창문을 통해 엄숙하게 들려왔다.

하지만 이 방의 시계는 23시 50분을 가리키고 있었다.

"뭐, 그래도 일을 마무리 지은 후에 새해를 맞이했네~."

"그래. 그리고 정월을 보내고 겨울 방학이 끝나면 후기 시험……."

"거기까지 생각하고 싶지는 않다고……. 맞다. 그 전에 성인식이 있잖아.”

“오래간만에 에리리를 만날 수 있겠네.”

“아, 맞다. 에리리를 만나더라도 이번 이식에 우리가 관여한 건 절대 말하지 마.”

“왜? 에리리는 기존의 스태프였으니까 비밀을 지켜줄 거라고 생각해.”

“그 두 사람 이 사실을 알면 세세한 부분까지 트집을 잡으면서 비웃어댈 게 뻔해!”

“그래그래. 불민한 제자라 참 고생이 많네.”

“아냐. 그 뿐만 아니라 『정말 마음에 들지 않는다』 같은 소리를 하며 하나부터 열까지 전부 폐기하자고 할지도 몰라……. 그렇게 되면, 나는 정신적으로 완전히 무너져버릴 거라고!”

“괜찮아. 그 두 사람은 프로니까 사심을 가지고 그러지는 않을 거야.”

“프로니까, 퀄리티가 낮으면 폐기하자는 소리를 할 거야……. 그렇게 되면, 나는 완전 재기 불능 상태로 평생 폐인이 될 걸?!”

토모야의 떨림이 등을 통해 메구미에게도 전해졌다.

그 집착을, 그 애착을, 그 주박을 느낀 메구미는 약간의 체념 섞인 쓴웃음을 흘리더니…….

“괜찮아…….

지금의 이즈미 양이라면.

지금의 효도 양이라면.

지금의 하시마 군은 모르겠지만…….

무엇보다, 지금의 토모야 군 이라면.

……지금의 『blessing software』라면 말이야.

에리리도, 카스미가오카 선배도…….

분명 엄청 헐뜯고, 화내며, 비웃겠지만…….

결국은 조건부로 오케이해줄 거야."

토모야에게 있어서의 여신의 축복을…….

자신에게 있어서의 신에게의 도전을 입에 담았다.

"저기, 메구미……."

그렇기에, 토모야도…….

"만약 내가 앞으로도 이쪽에서 최선을 다하고 싶다고…….

상업에 진출하고 싶다고 말하면…… 그러면 메구미는 따라와 줄 거야? 『주식회사 blessing software』에 취직해 줄 거야?"

신에게 도전하는 한 명의 무모한 도전자로서의 결의를 여신에게 맹세했다.

"……글쎄. 일단 조건을 제시해주면 한 번 생각해볼게."

"조, 조건?"

"으음, 근무 시간, 복리 후생, 급료, 연간 휴일, 그리고……."

"……어이~."

"농담이야. ……진짜로 필요한 계약 조건은 딱 하나야."

"그, 그거라면 나……!"

"결코 포기하지 않을 것 뿐이야."

"어…… 으, 응."

그 대답은 아주 약간? 토모야가 상상했던 대답과 달랐지만…….

"그 외에는 지지 않을 것, 내팽개치지 않을 것, 그리고 끝까지 믿을 것 이려나?"

"아니, 그러면 하나가 아니잖아. 그게 가장 중요하다는 건 알겠지만……."

하지만 명백하게 자신이 지나치게 비약해서 생각했을 뿐인 것이다.

"걱정하지 마. 그건 내가 유일하게 약속할 수 있는 조건이야."

"그럼 계약 성립이네……. 앞으로도 잘 부탁드려요, 사장님."

"……응."

현시점에서 손에 넣을 수 있는 모든 것을 손에 넣은 토모야는 기쁨에 젖어들었다.

"새해가 됐네……."

"그래……."

항상, 두 사람의 시간을 새겨왔던 시계가…….

어느새 자정을 가리키고 있었다.

"그럼, 슬슬 휴식을 끝내야겠네."

"으, 응……."

곧 전철이 끊길 시간을, 가리키고 있었다.

"서둘러 빨래와 청소를 한 다음……."

"저, 저, 저기 메구미!"

"응?"

아직 등을 맞댄 채…….

"오, 오늘은 섣달 그믐날이고 정월은 보통 가족이 함께 보내잖아……."

"그래~."

이런저런 말을 하면서도 몸을 일으키지 않는 메구미를 등으로 느끼며…….

"우리 집에는 부모님도 계시고 정월 아침에 얼굴을 마주하면 서로가 거북할지도 몰라."

"뭐, 그럴 거야~."

"하지만 내가 아침 일찍 전철까지 배웅해주면 얼굴을 마주할 일은 없을 거야. 그리고 너희 집 아침 식사 시간 전까지 꼭 보내줄게. 그러니까……."

"……그러니까?"

"그러니까, 그러니까, 으음, 저기……."

"……."

"메구미의 부모님은, 섣달 그믐날에 딸을 집에 돌려보내지 않는 발칙한 놈이라며 나한테 화낼지도 모르지만……."

"……그래서?"

"……잠시만 더 이 방에 있어줬으면 해."

"……구체적으로는?"

"……하다못해 새벽 첫 차가 다닐 때까지……."

여전히 입에 담지 못하는 『자고 가』란 말이, 토모야의 입 안에서만 맴돌았다.

하지만 그것은 앞으로도 마찬가지일 것이다.

어떤 커다란 계기를 맞이할 때까지, 쭉…….

"저기, 토모야 군."

"예, 옙!"

"실은 말이지. 이 짓의 정월요리 중 세 개는 내가 만든 거야."

"……뭐?"

"그러니까 그 감상……이 아니라, 맛이 어떤지 궁금하니까 나는 한동안 이 집에 있어야만 해.”

“……구체적으로는?”

“하다못해 내일 정오까지는 말이지.”

“메, 메구미…….”

하지만 그것은 남성(토모야) 측의 사정일 뿐이며…….

여성(메구미) 측으로서는 전혀 눈곱만큼도 알 바가 아닌 일인 것이다…….

“그럼 우선 욕실 청소부터 해야겠네.”

“그건 제가 하겠습니다!”

참고로 부부간의 새해맞이 첫 잠○리는 1월 2일에 가진다고 하니, 이 건은 노카운트다.

※ ※ ※

그리고 시간이 흘러, 1월 하순—.

“잠깐만! 이게 뭐야?!”

“『필즈 크로니클 XIII β(베타)판』이라고 적혀 있네…….”

이곳, 후시카와 서점의 회의실 테이블 위에 덩그러니 놓여 있는 정체불명의 블루레이 디스크를 망연자실하게 쳐다보고 있는 두 여성이 있었다.

"이건 설마…… 그 이식판……?"

카시와기 에리라는 일러스트레이터로 활동하고 있는 사와무라 스펜서 에리리.

"3월에 낸다는 이야기는 아무래도 진심이었던 것 같네……."

그리고 카스미 우타코라는 필명으로 소설가 겸 시나리오 라이터로 활동하고 있는 카스미가오카 우타하.

"잠깐만! 우리는 이걸 전혀 체크하지 않았거든?!"

"그래서 이걸로 체크하라는 거겠지?"

"그렇다 해도 베타판으로 체크하라는 건 너무 늦었잖아! 하다못해 α판(알파)을 가지고 오란 말이야!"

"아마 우리가 지금 하던 일을 마무리 지을 때까지는 숨겨 두고 싶었던 걸 거야……. 만약 보여줬다간 당신이 참여하려고 했을 거잖아."

4년 전부터 함께 작품을 만들어왔고, 지금은 업계 전체에 이름을 널리 떨친 명콤비는…….

두 사람은 어제까지 최신작인 『세상에서 가장 소중한 내 것이 아닌 그대에게』의 극장판 애니메이션 제작에 몰두하고 있었으며, 체력과 기력이 전부 바닥이 났을 즈음에 느닷없이 정체불명의 메일을 받고 이곳으로 불려왔다.

"숨기고 있었다니…… 대체 누가 말이야?"

"글쎄. 용의선상에 오르는 건 마르즈, 코사카(코슈 기획) 씨, 마치다(후시카와 서점) 씨 정도겠지."

"……네 생각에는 누구일 것 같아?"

"각 배당은 3배, 5배, 1배일 것 같네……."

"그, 그 무책임 편집장~!"

호출 메일을 보낸 사람이자, 아까 두 사람을 맞이했던 모(마치다) 편집장(소노코)은 「아, 나는 편집회의에 참가해야 해~」 하고 말하며 도망치듯 이 회의실을 빠져나갔다.

"에리리, 이제 어떻게 할 거야? 이건 우리에게 최종 체크를 의뢰한다는 의미 같은데 말이야."

"최종 체크…… 얼마나 수정을 할 수 있을까?"

"글쎄. 그림도 전부 완성됐어. 대사의 음성도 전부 수록 완료…… 그렇다면 이제 자잘한 연출 쪽을 좀 지적하는 게 한도일 거야."

"그래서는 아무 것도 못하는 거나 마찬가지잖아!"

"아마 애초부터 아무 것도 못하게 할 생각이었던 거야. 우리 주위의 어른들은 말이야."

"맙소사…… 하지만 『필즈 크로니클 XIII』은 우리가 모든 것을 불태우며……."

"……우리한테 그런 사정이 있는 것처럼 회사 사람들한테도 다른 사정이 있는 걸지도 몰라."

"어쩌면 좋을까?"

"뭐, 이 전말을 차기작에 반영하면 속이 후련해지지 않을까?"

"아니, 그런 비열한 복수를 계획하자는 소리가 아니라……."

"그렇다면…… 이식판을 만든 사람들이 우리처럼 혼을 불태우며 만들었기를 비는 수밖에 없어."

"……그런 부질없는 기대를 할 수밖에 없는 거야?"

"아무튼 지금의 우리에게는 그걸 확인한다는 길 밖에 없는 거야……."

우타하는 자학 섞인 쓴웃음을 흘리더니 손에 쥔 디스크를 회의실에 설치된 게임기에 집어넣었다.

※ ※ ※

"……."

"……."

그리고 그로부터 몇 시간이 지나고…….

처음에는 이벤트가 발생할 때마다 그 시나리오와 그래픽을 지적했지만, 그것이 자신들이 2년 전에 만든 부분이란 사실을 눈치채며 거북한 느낌을 받았다.

"……."

"……."

이윽고 명백하게 두 사람의 기억에 없는 추가 캐릭터의 이벤트 신이 나오자, 두 사람은 허무……가 아니라 망연자실한 표정을 지으며 부들부들 떨기 시작했고…….

"저, 저기, 이건……."

"흡사, 하네……."

"흡사한 정도가 아니라, 혹시……."

그 텍스트와 그림은 두 사람이 창조한 것과는 명백하게 달랐다.

하지만 흡사했다.

그녀들이 옛날에 접했던 텍스트 그리고 그림과…….

"……그 녀석들 대체 뭘 한 거야."

"본인들 작품도 만들어야 하면서 말이야……."

아직 미숙하고 자신들의 고스트를 자처하기에는 주제넘었다.

하지만 뜨거운 열정과 엄청난 기세가 느껴졌으며 무엇보다 그리움이 감도는…….

"……마음에는 안 들지만 오케이할 수밖에 없네."

"……아직 멀었지만 용서해줄게."

그래서 두 사람은 미묘하게 상기된 목소리로, 끝까지 플레이했다.

■작가 후기

판타지아 문고를 통해서는 1년 만에 찾아뵙습니다. 마루토입니다.

이번 『Memorial2』에서는 지금까지 여러 곳에서 발표된 단편 소설, 그리고 영화 『시원찮은 그녀를 위한 육성방법 Fine』 공개를 기념해 영화 관련 인터뷰 기사 등을 모아봤습니다. 이 책을 만들자는 이야기를 제가 들은 건 발매일의 ○개월 전이며, 그때는 관람자 특전 소설(총 일곱 작품)을 겨우 다 써서 빈껍데기 상태가 되어 있었죠. 그래서 「그런 말 들은 적 없어~(농담이 아니라 진짜로)」 하고 말하며 절망감에 빠져들었습니다만, KADOKAWA 측의 지적을 듣고 예전에 받은 메일을 뒤져보니 극장 공개 중에 책을 한 권 내기로 약속했더군요. 일이 늘어난 것은 글쟁이로서 매우 기쁜 상황입니다만, 그 덕분에 각 프로젝트의 관리가 허술해지고 있는 점은 어떻게든 해야 할 것 같습니다. 그러니 각계각층의 여러분께서는 앞으로도 세세한 서포트를 부탁드립니다(책임전가).

그리고 어찌어찌 본문의 내용을 정리하고 이렇게 마지막

소임(후기)에 도달하고 나니, 대체 뭘 쓰면 좋을지 모르겠더군요. 그러다 『아, 그러고 보니 신작 소설을 썼으니까 그것에 대한 코멘트를……』 하고 생각하며 다시 붓을 든 순간, 편집부에서 보내온 이 책에 실릴 인터뷰의 질문 리스트에 『이번 신작 소설에 관한 코멘트를 해주세요』라고 적혀 있었던 게 생각났고…… 아니, 후기에서 다룰 내용이 하나도 남지 않았잖아요. 제가 대체 뭘 쓰면 되냐고요.

그럼 이제 본론으로 들어가겠습니다. 이 책에 관해 이야기할 내용이 전혀 남아 있지 않으니, 후기에서는 현재 공개 중(일본 초판 발행 당시)인 영화 『시원찮은 그녀를 위한 육성방법 Fine』에 관해 이야기하고 싶습니다.

여러분은 이런 팬북까지 살 정도의 원작 독자 분들이시니 당연히! 영화를 보셨을 거라고 생각하며(감사합니다!) 스포일러를 팍팍 섞으며 이야기하겠습니다. 만약 아직 안 보신, 혹은 볼 생각이 없는 분께서는 벌레라도 씹은 표정으로 혀를 차며 이 페이지를 덮어주셨으면 합니다(뭐, 그래서는 이 책의 절반가량을 읽지도 못할 거라고 생각합니다만……).

애초에 TV애니메이션 총 25화에서 그려진 것이 원작 1권~7권+GS 1, 총 여덟 권 분량인데, 이번 영화에서 커버해야 할 범위는 8권~13권+GS 2, GS 3, 총 여덟 권 분량이라고 하는, 『분량만 보면 애니 2쿨은 필요하잖아!』 라는 눈치채선 안 되는 진실이 존재하며, 그 덕분에 『원작의 그 신을 영상화하지 않다니, 제정신이냐!』 하고 발끈하는 분이 계실지도 모릅니다. 하지만 그것은 『애니메이션에도 수록되지 않은 희소가치 높은 묘사』인 것으로 납득해주시면…… 아 죄송합니다. 그럴 수는 없으신 거죠?

아, 그 대신 『원작에서 커트된 부분도 많지만, 대신 원작에 없는 에피소드도 잔뜩 넣었어!』란 변명을…… 아, 그러면 『이 자식, 불에 기름을 들이붓는 거냐!』 라고 느끼신 분들은 『그 말 들으니 더 열불이 나거든요?』 같은 식으로 귀엽게 화내주시면 저도 기쁠 것 같군요. 잘 부탁드립니다.

그 『마지막』 추가 부분, 그리고 관람객 특전 소설(총 일곱 작품)로, 2년 전의 13권 후기에 가능성으로서 제시했던 『앞으로의 이야기나 별개의 이야기…… 대학 시절의 토모야(진학 여부는 불명), 사회인 시절의 토모야(취직 여부는 불명), 혹은 다른 캐릭터의 외전 등』을 공약대로 수록했다 자부하고 있으니, 여러분이 꼭 극장에 와주시면 감사하겠습니다. 그것도 한 번만이 아니라 일곱 번…… 아, 죄송합니다. 더러운 상술이라는 건 자각하고 있습니다만, 시원그녀가 원래 이런 짓을 하던 작품이란 사실은 지금까지 작품과 함께 해주신 여러분이라면 잘 알고 있을 거라 생각합니다. 부디 잘 부탁드립니다.

이번 영화, 그리고 이 책에 담긴 주변 전개가 『시원찮은 그녀를 위한 육성방법』의 마지막 축제입니다.

그 안에 담지 못한 것도 꽤 많습니다만, 새롭게 담고 싶었던 것은 전부 넣었습니다.

결국 영화답지 않은 영화가 되었다고 생각합니다만, 그 점도 포함해 『하지만 이래야 시원그녀지』라는 생각으로 쓴웃음을 지으며 즐겨주시면, 그 이상의 기쁨은 없을 겁니다.

마지막으로, 최강의 파트너에게 마지막으로 감사 인사를 드립니다.

미사키 씨, 요즘 만나는 횟수보다 신규 일러스트 쪽이 훨씬 많은 것 같습니다만 잘 지내고 계십니까?

제가 이 일을 맡은 바람에 새로 그려야 할 그림이 늘어나고 만 점, 정말 송구합니다.

앞으로도 건강을 신경 쓰며(진심), 굵고 긴 활약을 기원드립니다.

저도 최선을 다하겠습니다.

그럼 여러분도…… 또 어딘가에서 다시 만날 수 있기를 진심으로 바랍니다.

2019년 가을, 마루토 후미아키

■역자 후기

안녕하십니까. 근로청년 번역가 이승원입니다.

『시원찮은 그녀를 위한 육성방법 Memorial2』를 구입해 주셔서 진심으로 감사드립니다.

……독자 여러분과 마찬가지로, 저도 이 녀석이 나올 거라고는 생각도 못했습니다. 1년 하고 반 년 전에 Memorial을 번역하면서도 『시원찮은 그녀를 위한 육성방법』의 관련 작품이 나올 거라 생각했습니다만, 설마 Memorial의 2권이 나올 거라고는 생각도 못했습니다.

제가 나름 머테리얼, 메모리얼 같은 단어가 제목에 들어가는 작품을 꽤 번역했습니다만, 메모리얼이 2권까지 나온 건 시원그녀가 처음입니다.

이번 권은 각종 이벤트 및 캠페인에서 배포된 특전 소설이 가득 들어 있습니다. 캐릭터들의 새로운 일면, 그리고 TV판과 극장판에 임하는 캐릭터들의 마음가짐을 알 수 있어서 참 좋았습니다.

또한 출연 성우들의 인터뷰는 여러모로 신선했습니다. 역시 시원그녀의 출연진답게 강렬 그 자체더군요. 그 작품의 그 성우, 그 원작자의 그 캐릭터란 느낌이 물씬 나는 내용이었습니다, AHAHA.

독자 여러분도 재미있게 즐기셨기를 진심으로 빕니다!

그럼 이만 줄이겠습니다.

L노벨 편집부 여러분, 항상 감사합니다. 시원그녀로 참 신세 많이 졌습니다. 앞으로도 잘 부탁드립니다!

집에 초대해준 악우여. 오션 뷰의 멋진 집이더구나. 앞으로 내 비밀 작업실로 이용……하면 안 될까? 집세는 증정본으로……. 으윽, 안되겠지? 흑흑.

마지막으로 언제나 제게 버팀목이 되어주시는 어머니와 『시원찮은 그녀를 위한 육성방법』을 읽어주신 모든 분들에게 진심으로 감사드립니다.

더는 안 나올 거라 단언 못하는 「시원그녀」 연계작의 후기 코너에서 여러분을 다시 뵐 수 있기를 진심으로 빕니다!

2020년 2월 중순

역자 이승원 올림

최초 수록

○사랑과 청춘의 메트로놈 2015년 빅간간 Vol.03 클리어파일
○시원찮은 판타지아 대감사제 2016 판타지아 문고 28주년 공식 동인지
○시원찮은 판타지아 문고 28주년 판타지아 문고 28주년 특전 클리어파일
○사랑과 순정의 메트로놈 2017년 빅간간 Vol.06 클리어파일
○시원찮은 『시원찮은 그녀를 위한 육성방법 ♭』을 돌이켜보는 방법 시원찮(지도 않)은 행사를 돌아보는 방법 ♭
○시원찮……지 않은 아트레에서 지내는 방법(메구미&토모야 편) 아트레 아키하바라 콜라보 특전소설
○시원찮……지 않은 아트레에서 지내는 방법(에리리&이즈미 편) 아트레 아키하바라 콜라보 특전소설
○시원찮……지 않은 아트레에서 지내는 방법(우타하&미치루 편) 아트레 아키하바라 콜라보 특전소설
○시원찮은 드래곤매거진 18년 7월 드래곤매거진 2018년 7월호
○긴급 토론! 시원찮은 그녀를 위한 육성방법 극장판은 어떻게 될 것인가?! 드래곤매거진 2018년 11월호
○시원찮은 그녀가 돌이켜보는 방법(카토 메구미 편) 토라노아나 특전 책자
○시원찮은 그녀가 돌이켜보는 방법(사와무라 스펜서 에리리 편) 멜론북스 특전 책자
○시원찮은 그녀가 돌이켜보는 방법(카스미가오카 우타하 편) 게이머즈 특전 책자
○시원찮은 고스트가 소임을 다하는 방법 신작 소설

시원찮은 그녀를 위한 육성방법 Memorial 2

1판 1쇄 발행 2020년 3월 10일
1판 2쇄 발행 2020년 4월 22일

지은이_ Fumiaki Maruto
일러스트_ Kurehito Misaki
옮긴이_ 이승원

발행인_ 신현호
편집부장_ 윤영천
편집진행_ 김기준 · 김승신 · 원현선 · 권세라 · 유재슬
편집디자인_ 양우연
국제업무_ 정아라 · 전은지
관리 · 영업_ 김민원 · 조은걸 · 조인희

펴낸곳_ (주)디앤씨미디어
등록_ 2002년 4월 25일 제20-260호
주소_ 서울시 구로구 디지털로 26길 111 JnK디지털타워 503호
전화_ 02-333-2513(대표)
팩시밀리_ 02-333-2514
이메일_ lnovelpiya@naver.com
L노벨 공식 카페_ http://cafe.naver.com/lnovel11

ISBN 979-11-278-5463-8 03830

값 7,800원

빛바래지 않는 메모리얼의 향연…….
메구미, 에리리, 우타하가 애니메이션을 돌이켜보는 내용의 단편을 비롯해
현재는 보기 힘든 이야기들을 완벽하게 담은
대인기 청춘 그라피티「시원찮은 그녀(히로인)를 위한 육성방법」팬북이 다시 등장!
극장판을 위해 미사키 쿠레히토가 그린 캐릭터 설정의 첫 공개와
극장판을 더욱 심도 있게 즐기기 위한 원작자 인터뷰, 총감독 및 캐스트 인터뷰 등
맛깔 나는 내용과 새로운 에피소드까지…….
"죄송한데 처음부터 전부 폐기라고 말해주세요, 메구미 양!"
토모야가 크나큰 결심을 하고 메구미에게 맹세를 하는 계기가 된
「blessing software」상업 업무의 에피소드도 수록!

2020. 03. 10 발행

ISBN 979-11-278-5463-8 03830

정가 7,800원